KEITAI
SHOUSETSU
BUNKO
SINCE 2009

君が教えてくれたのは、

たくさんの奇跡でした。

姫亜。

○ STARTS
スターツ出版株式会社

1年前に受けた喉の手術のあと、声を失った私の前に現れたのは、太陽みたいに笑う君だった。

『栗色の長い髪、綺麗だな』

　憎しみで溢れた毎日を生きていた私に、君はそう言ってくれたね。

　だけど私は、君の蜂蜜色のさらさらな髪の方が綺麗だと思うんだ。

　それを目印に、私は生きることができるから。

　どこにいたって、君を見つけることができるから……。

　晴れわたる空がこんなにも青いこと。

　風に揺れる花がこんなにも綺麗なこと。

　この世界に生きる意味。

　全部、君が教えてくれた。

　だけどそれは、君も苦しみを知っていたからだったんだね。

　弱くて、だけど誰にも負けない強さを持った君がくれたのは、たくさんの奇跡でした。

contents.

第 1 章

毒リンゴ	8
金色とシトラス	14
涙雨	28
ふたつの青のように	40
共存する光と闇	68

第 2 章

台風到来	90
罪と罰	105
幸せのカタチ	131
セツナユキ	139

第 3 章

君のいる世界	154
ゼロの距離	166
月夜、君に堕ちる	177
未来へ続く道しるべ	198

第 4 章

同じ未来を	208
薄紅色の誓い	219
雪解けの音	239
涙の花嫁	261

最 終 章

幸せはいつも刹那	274
時を刻む命	283
最後のラブレター	294
君がくれた奇跡	299

番 外 編

未来のその先へ	312

あとがき	326

第1章

毒リンゴ

【杏奈side】

　また、朝がやってきてしまった。

　もう生きたくない。

　早く死んでしまいたい。

　意地悪な神様は、どうして私という人間を作りあげたん
だろう。

　どうして私は生きているんだろう。

　みんな大嫌い。みんな死んじゃえ。

　こんな世界、跡形もなく消えてしまえばいいのに……。

「おはよう、杏奈。リンゴ持ってきたけど、食べる？」

　11月上旬に受けた定期検診で異常が見つかり、1週間前
から入院している私。

　毎日のように病室を訪れるママは、ベッドの下にしまわ
れていたパイプ椅子を取り出して、そこに荷物を置いた。

　このパイプ椅子ももはや、ママ専用と言っても過言では
ない。

　ふとした瞬間にママがバツが悪そうな顔をするのにも、
慣れてしまっていた。

　嫌なら来なければいいのに、と思うことも毎回同じ。

　私がしかめっ面でうなずいたことに、きっとママは気づ
いていないんだろうな。

第1章 >> 9

「じゃあ、切るわね。果物ナイフ、どこだっけ？」

　昨日、自分でしまってたじゃん……。

　果物ナイフの場所を指さそうとして棚に視線を向けるけど、それはベッドを囲む薄いピンクのカーテンによって遮られた。

　はぁ、と深いため息をついて、ベッドサイドにある棚からメモ帳とドット柄のペンを取り出す。

　そのメモに【洗面台の棚の中】とペンを走らせ、カーテンの向こうから顔を出したママに差し出した。

　とたんに、一目見ただけで作りものだとわかるような笑みを浮かべたママは、ふたたび洗面台に向かった。

「そうだ、ここだった。ありがとう、杏奈」

　ほんとは覚えてたこと知ってるよ、ママ。

　病気の私に対してコミュニケーションを取ろうとするも、結局は空回り。

　それが私の神経を逆なでしていることも知らずに、ママは話を続ける。

「やっぱり頼りになるわね、杏奈」

　言葉なんて、いらない。

　上っ面だけの言葉をいくら与えられたって、余計みじめになるだけ。

　なにもうれしくないよ。

「これね、柚葉が買ってきてくれたのよ」

　自慢げに言うママの姿は、肌寒くなってきた季節には似合わない春色に遮られて見えないけど、満面の笑みを浮か

べていることは容易に想像できた。

　その笑顔の理由は私のふたつ下の妹、柚葉にある。

　私が高校２年生だから、今は中学３年生の妹。

　もっとも、声が出なくなったことで家に閉じこもるようになった私は、そのまま高校を辞めてしまったけど。

「柚葉も杏奈みたいなお姉ちゃんがいて、幸せね」

　いったい、何度このセリフを聞いただろう。

　いちいち数えちゃいないけど、耳にタコであることはまちがいない。

　"入院中のかわいそうな娘のもとを毎日訪れる優しい親"を演じたいだけ……。

　そうだよね？

　上辺だけの愛なんて求めてない。

　ちゃんと心から愛してほしいの。

　だけどそれは、きっと伝わらない。

　伝わらないなら、いらない。

　帰ってよ。

　ママが大好きな、柚葉のいるあの家に。

　愛してなんかない、私のいないあの家に……。

「はい、どうぞ」

　言葉とともに机に置かれたお皿には、みずみずしいリンゴが盛られていた。

　ママがむいてくれたそれを口の中へと運ぶと、とたんにリンゴの甘さと酸っぱさが口いっぱいに広がる。

　おいしくない。

……というか、味の基準がイマイチわからない。

「どう？」

　相変わらずの笑みを向けるママに嫌気が差したけど、リンゴに罪はないもんね。

【おいしいよ】

　それだけを書いたメモをママに差し出し、笑ってみせた。

「そう、ならよかったわ」

　目を細めて微笑むママを見て、私の心はまっ黒に染まっていく。

　柚葉が買ってきたんだもんね。本当は柚葉にむいてあげたかったんでしょう？

　塵も積もれば山となる、ということわざのごとく、ゆっくりと募っていった負の感情は、いつしか空を仰ぐこともできないほど高い壁となった。

　ママは昔からいつも、柚葉、柚葉、柚葉。

"柚葉の"

"柚葉が"

"柚葉に"

　それだけでずっとヘラヘラ笑っていた。

　そんなことに今さらイライラするなんて、私も成長してないなぁ……。

　半分ヤケになりながらリンゴを食べおえた。

　それからしばらくして、疲れたから少し休むと理由をつけて、なかば強引にママを帰らせた。

鳥越杏奈。17歳。

去年の暮れに、喉にできた腫瘍を取りのぞくために受けた手術のあと、私は声を失った。

声帯を取ったわけではないらしいけど、どちらにしても声が出ないことに変わりはない。

それ以来、言葉を伝えるときに用いるのは基本筆談で、紙とペンは私の生活において必要不可欠となった。

つねにメモを持ち歩き、使いきると新しいメモを買ってきてくれる。

可愛くて、大嫌いな妹が。

こんなメモ、本当は使いたくない。

だけど、私はこれに頼るしかないから。

体を起こして、メモをにらみつけた。

赤いギンガムチェックの、可愛いメモ帳。

柚葉……。

憎い、嫌い、大嫌い。

そんな醜い憎悪の感情が、私を支配していく。

パパやママが愛するのは、なんで私じゃないの？

なんで柚葉なの？

病気が選んだのは、なんで私なの？

なんで柚葉じゃないの？

なんで私じゃないといけなかったの……？

ねぇ、誰か助けて。

こんな世界、もう嫌だよ。

こんな、まっ暗な漆黒の闇なんて……。

第1章 ≫ 13

　布団に潜りこみ、力いっぱい耳をふさいだ。

　こうすれば、ひとりの世界を創りだせると思ったから。

　"死にたい"と、心の中で何度もつぶやく。

　いつから、こんな風に死を望むようになったんだっけ。

　いつから、この言葉が私の中に存在するようになったんだっけ。

　そんなことを考えたって、なんの意味もないのにね。

　なにも覚えていないし、なにも思い出したくない。

　ゆっくりとまぶたを閉じた。

　墜ちていく。

　深い……深い、眠りへと。

金色とシトラス

【杏奈side】
『あんな、おっきくなったら、かしゅになる！』
『がんばって、杏奈。ママ、誰よりも応援してるから』
『うん！』
『杏奈が歌手になったら、ママに一番に聴かせてね』
『うん！　やくそくする！』

　たしかこれは、小学2年生の頃、"将来の夢"というテーマで作文を書いたときに、ママと交わした会話だったと思う。

　あの頃はまだ、私よりはるかに大きかったママの手。

　指切りげんまん、そう言って笑い合った。

　なのに……。

『杏奈さんの喉に、悪性の腫瘍があります』
『部分切除で腫瘍を取りのぞくことになります』
『声帯は取りのぞきませんが、しばらくの間は声を出すのが難しいと思われます』
『術後、転移する可能性も捨てきれません』

　当時の担当医の、ナイフのように鋭く尖った言葉の数々は、たった16歳の私が受け止めるには重すぎて……。

　苦しくて苦しくて、涙が枯れるまで泣いた夜もあった。

　世界のすべてが嫌になって、もうこれ以上の不幸なんてないって思った。

だけど本当に苦しかったのは、手術が終わってから。

　どれだけ時間がたっても、自分の声が誰にも届かなかったときだった。

　まるで話し方をどこかに忘れてきてしまったかのように、言葉を紡ごうと思っても声が出ない。

　当たり前に伝えられていた気持ちが伝えられない。

　地獄の下に、さらなる地獄を見た気分だった。

『声が……出ない？』

『なにかの冗談だろ？』

　パパ、ママ……。

　そんな目で見ないで。

　絶望に満ちた、悲しい目。

　これが現実なんだって、あらためて突きつけられるから。

　退院して戻った家に、かつての明るさはなかった。

『なんでうちの子が……！』

『やめなさい！　杏奈に聞こえるだろ!?』

『だって……！』

　私と柚葉が自室に戻ったあとのリビングから聞こえてきた、涙まじりのパパとママの声は、私の心を深くえぐった。

　こんなに苦しい思いをするために、手術を受けたんじゃない。

　なんで私が病気にならなきゃいけなかったんだろう。

　なんで、声まで失わなくちゃいけなかったの。

　いっそ、あのまま死ねたらよかったのに……。

「……っ！」

　声にならない声をあげ、勢いよく起きあがる。

　無意識に手をやった額には、無数の汗がにじんでいた。

　夢、か……。

　荒くなった呼吸を整えようと、ベッドからおりて窓を開けた。

　びゅうっと吹きこんだ風が、薬の副作用によって色が抜けてしまった私の髪を揺らす。

　ママが訪れた昨日と同様に空は晴れわたっていて、朝日が部屋に差しこんでいる。

　言葉でコミュニケーションを取ることができない私を気遣ってか、パパたちが入院させてくれた４階の個室から見える風景は、いつ見ても飽きない。

　高台にあるこの病院からは、たくさんの町が見わたせる。

　その景色をぼうっと眺めるのが、鳥かごの中にいる私の数少ない楽しみでもあった。

　今日は天気もいいし、散歩にでも行こうかな。

　気分転換に外に出ようとスライド式の扉に近づいた瞬間、扉の向こうから聞き覚えのある看護師さんの大きな声が聞こえた。

「待ちなさーい！」

　怒声とともに近づいてくる、ふたつの足音。

「こら！　雅くん！」

　な、なに!?

　外の様子をうかがおうと引き戸に手をかけると、同時に

廊下側から誰かに扉を開けられ、バランスを崩してしまう。

　転ぶ……！

　そう思ったのもつかの間、私の体は誰かの腕に支えられ
ていた。

　事態を把握できないまま顔をあげて……ただ、息をのん
だ。

「ごめん、大丈夫だったか!?」

　病室に駆けこんできたその人の短い髪は、太陽の光に透
けて金色に輝いている。

　き、金髪……!?

　間近で見るその色に圧倒されたけど、不思議と恐怖は感
じなかった。

　髪から顔に視線を移し、思わず目を見はる。

　くっきりとした二重に、通った鼻筋、薄い唇。

　テレビや雑誌なんかで活躍するモデルや俳優に劣らない
くらい、かっこいい人だったから。

　彼は口の前で人差し指を立て、「シッ」とジェスチャー
を送ってくる。

「悪いんだけど、ちょっとかくまってほしいんだ」

　要するに、さっきの看護師さんから逃げてるってこと？

　関わりたくないけど、いちいち断る方が面倒かも……。

　そう思い、彼をベッド脇の死角へと誘導する。

　少しして、まっ白な扉が外側からたたかれた。

　どうしよう……。

　開けないと、余計怪しまれるよね……。

向こうにいる人物を確認すべく、ゆっくりと扉を開ける
と、そこには少し年配の看護師さんの姿があった。
「杏奈ちゃん！　ここに金髪の男の子、来てない？」
　看護師さんが乱れた息を整えているうちに、あわててメ
モ帳とペンを取り出し、慣れた手つきで言葉を綴る。
【その人なら追い返しましたよ。反対側の階段からおりた
みたいですけど】
　とりあえず、ここから看護師さんを遠ざけなきゃ、とまっ
赤な嘘をついてしまったけど、彼女の額に浮かぶ汗を見る
と、罪悪感で胸が痛んだ。
　看護師さんはかけていた眼鏡を取り、目を細めた。
　その視線はたぶん……いや、まちがいなく、彼が身を潜
めている場所に向けられている。
「雅くんったら、杏奈ちゃんまで巻きこんで……」
　看護師さんはあきれたように笑って、深く息を吐いた。
「また彼が来たら、伝えておいてくれないかしら。嫌かも
しれないけど、診察に来た患者さんを、手当てもせずに帰
すようなことはできないって」
　伝言と言いながらも、その言葉が直接彼に向けられてい
ることは歴然だった。
　よろしくね、と言いのこし、看護師さんはその場から去っ
ていく。
「あちゃー。バレてたか」
　ベッドの脇からひょっこりと出てきた金髪の少年は、肩
をすくめてくしゃっと笑った。

まいったな、と頭をかく手からは血が流れている。

な、なんで血が……。

っていうか、大丈夫なの？

「急に無理言ってごめんな。助かった」

【いえ】

警戒心むき出しのまま筆談で答えたにもかかわらず、彼は大きく笑って、歯並びのいい白い歯を見せた。

私が声を出さない理由……気になったりしないのかな？

「俺は藪内雅、18歳。お前は？」

まさか会話が続くとは思っていなかった。

突然のことに少しとまどいながらも、自分の名前を書いたメモを彼に見せる。

【鳥越杏奈です。17歳】

あぁ、突然の出来事にびっくりしているからか、字がいつもより汚い。

「いい名前じゃん。よろしくな、杏奈！」

いきなり呼びすて……？

初対面の彼からの呼び名は、予想のななめ上を行った。

よろしくって……これから会うことなんてあるの？

「俺のことはなんでもいいよ。敬語じゃなくていいし」

【なんでもいいって……】

「雅でも、他の呼び方でも」

って言ったって……年上の人を呼びすてなんてできないよ。

かといって"雅くん"っていうのも、なんかちがう気が

するし……。

【じゃあ……みーくんって呼ぼうかな】

　思い浮かんだあだ名を書いて見せると、みーくんは照れくさそうにはにかむ。

　その笑顔は太陽みたいで、まぶしい。

「はじめて呼ばれたよ、みーくんなんて」

【そうなの？】

「みんな、雅って呼ぶ……」

　その先の言葉を飲みこんだみーくんの表情が、一瞬にして強ばる。

　その視線は、私のうしろ。

　おそるおそる振り返ると、私の主治医である藪内彰先生が立っていた。

「兄貴……」

　え？

　みーくん今、兄貴って……。

　このふたり、兄弟だったの!?

「お前、杏奈ちゃんにも迷惑かけてたのか？」

　いつもと変わらない、だけど、いつもより少しだけ冷酷さを帯びた藪内先生の声。

「べつに、かけてねぇよ。なんの用だよ」

「お前が来てるって話を聞いてな。その手、見せてみろ」

「べつにいいよ。勝手に連れてこられただけだから、帰る」

　いつの間にか、みーくんから笑顔が消えていた。

　このふたり、あんまり仲よくないのかな……？

「お前を連れてきたのは、茶髪の髪の長い女の子か？」

「なんで知ってんだよ」

「嫌でもわかるよ、ロビーでお前の名前を呼んでる子がいたら」

　その言葉を聞くなり、あからさまに顔をしかめるみーくん。

「……わかった、すぐ行く。ありがとな、杏奈」

　最後に少しだけ微笑んで、彼は病室を出ていった。

　みーくんが出ていった扉から藪内先生へと、緊張しながら視線を移すも、そこにいたのはいつもどおりの藪内先生だった。

「さて、俺も仕事に戻らなきゃなぁ……」

　かけていた黒縁の眼鏡を外して背伸びをする藪内先生が、一瞬、みーくんの影に重なって見えた。

　金髪にピアスという派手な見た目のみーくんに対して、藪内先生は黒髪で、どこからどう見たって真面目そう。

　見た目は正反対でも、やっぱり兄弟だなぁ。

　笑ったときに目尻がさがるところとかが、とくに。

【院長の息子さんは大変ですね】

　いつも検診や回診で大変そうなのを見ている。

　藪内先生はこの病院を経営する院長先生のご子息で、将来的にはここを継ぐことになっているらしい。

　研修期間を終え、正式に医師として働くようになった春からは、他の病院に異動した先生のかわりに私の担当医になった。

メモを見るなり、先生は困ったように眉尻をさげた。

「雅の世話の方が大変だよ」

じゃあ行くね、と言葉を残し、先生も病室をあとにする。

ふたりがいなくなったあとの部屋は、まるで熱を失ったカイロのように、ひどく冷たく感じた。

窓を閉めようとふたたび窓枠に近寄ると、ここからちょうど見おろすことのできる中庭に、金色の彼の姿を捉えた。

さっき藪内先生が言っていた、茶髪でロングヘアの女の人も。

……あ。

みーくんが女の人に頬をぶたれた。

表情まではわからないけど、彼女は泣いているみたいだ。

さっきみたいにげんなりした顔を、彼女の前でもしたのかな。

少し気になったものの、きっともう会うことなんてないんだろう、と自己完結し、すぐに考えるのをやめた。

「あーんなちゃん！」

お昼ご飯を食べおえた私のもとに現れたのは、ふわふわなブラウンの髪をサイドで束ねている、スレンダーな女の人。

【万里ちゃん！　どうしたの!?】

「えへへ。彰から杏奈ちゃんが入院してるって聞いたから、飛んできたの」

目を細めてやわらかく笑う彼女、仙崎万里ちゃんは、藪

内先生の婚約者であり……同時にこの病院の患者でもある。

　万里ちゃんは心臓病を患っていて、去年入院したときに同室になり、仲よくなった。

　私が唯一心を許している相手だと言っても、過言ではない。

　今は症状が落ちついているので一時帰宅していると、藪内先生から聞いていた。

　藪内先生と万里ちゃんが出会ったのは10年前、ふたりがまだ高校2年生だったとき。

　間もなくしてふたりの交際はスタートしたけど、3年生になった頃、万里ちゃんを病気が襲った。

　万里ちゃんは一度、別れを切りだしたらしい。

　だけど彼は、一生支えると言ってくれたんだって、過去にふたりの思い出話を聞いたときに、うれしそうに話してくれた。

【嘘。お弁当、見えてるよ】

「あっ！　ちがうの！　これはついでなの！」

　あたふたと、青いランチバッグを小さな体のうしろに隠そうとする万里ちゃん。

　私に会いにきたっていうのも、あながち嘘じゃないと思うけど、がんばる藪内先生にお弁当を届けるのも、ここに来た目的のひとつなんだろうな。

　藪内先生のために心を込めて作ったんだと思うと、微笑ましい。

【今さら照れなくていいのにー】

「だって、はずかしいじゃん！　もちろん、杏奈ちゃんに会いにきたっていうのも本当だからね？」

【わかってるよ、ありがとう。でも先に渡してきたら？　藪内先生喜ぶよ、絶対】

　そうかな、と万里ちゃんは照れくさそうに表情をほころばせる。

　病気なんて感じさせないほど幸せそうな彼女を見ていると、私までうれしい気分になるんだ。

「じゃあ、ちょっと行ってくるね！」

　ランチバッグを大事そうに抱える万里ちゃんを、笑顔で見送る。

　支えになる存在があるっていいなって、ときどき万里ちゃんがうらやましくなる。

　私には支えになるものがなにもない。

　……ううん、なくなってしまった、と言う方が正しい。

　声を失ったあの日、歌手になるという私の夢は幻となった。

　それからずっと、私の心の中にはぽっかりと大きな穴があいている。

　それから午後の診察を終えて病室に戻ると、いつもはママが使っているパイプ椅子に、なぜかみーくんが座っていた。

「よっ」

よっ、って……。

【帰ったんじゃなかったの？】

「そのつもりだったんだけどさ、杏奈ともうちょっとしゃべってみてぇなって思って」

　勢いよく立ちあがった彼とあらためて並んでみると、結構大きい。

　155センチの私は、どうしても見あげることになる。

【手の傷、大丈夫なの？】

「ん？　……あぁ、うん。売られたケンカ買ってケガしただけだし、べつに、わざわざ病院に来るほどのもんでもないから」

　今、さらっとすごいこと言ったよね……。

　ケンカを売られるなんて、実際にあるんだ……。

　私自身はもちろん、周りでもそういう話は聞いたことがない。

　なんだか別世界の話のようで、私は話を変えた。

【彼女さんは？　よかったの？】

「あー。さっき別れた」

　視線をそらし、面倒くさそうに答えたみーくん。

　別れたって……え!?

「そんな顔すんなよ。もともと、別れようって思ってたし」

【え、なんで……】

「あいつとの恋愛ごっこに飽きたから」

　それが摂理であるかのように、顔色ひとつ変えずに言いはなったみーくん。

れ、恋愛ごっこって……。

【私にとやかく言う資格なんてないけど、今度はぶたれないようにしなよ?】

「えっ、なんで知ってんの!?」

【そこから見えた】

　窓際を指さすと、みーくんは困ったように笑った。

「はずかしいとこ見られたな。場所が悪かったか」

　うーん、場所の問題じゃないような気もするけど。

　太陽の光に照らされている金色の髪がまぶしくて、思わず目を細めた私の鼻に届いたのは、ほどよくさわやかな香りだった。

【なんかいい匂いがする】

「あ、俺の香水かも」

　私との距離を縮めたみーくんからは、さっきと同じ香りがした。

【この匂いだ】

「シトラス。これ好きなんだよね、俺。女の子でもつけられるやつだから、杏奈にもあげようか?」

　首を振ったのは、ほぼ条件反射。

　香水なんて、私にはもったいないよ。

　それに……初対面の人に距離を縮められるのは怖い。

「遠慮すんなって。俺、2本持ってるからさ」

　そういう問題じゃないのに、と思いつつ、厚意を断り続けるのも忍びない。

　最後に、折れた私がしぶしぶうなずいたのを見て、みー

くんはなんでかうれしそうだった。

「他にも、いくつか持ってくるよ。なにがいい？」

　って言われたって……香水の知識なんて皆無だ。

　ピンと来なかったので、結局みーくんに任せることにした。

「また今度、学校が終わってから持ってくるよ」

"また今度"

　その言葉が、じんわりと胸に染みわたる。

　見えない未来を約束することは苦手だったはずなのに、無意識のうちにうなずいている私がいた。

涙雨

【杏奈side】

　私の前にキラキラと輝くみーくんが現れてから、早１週間と少し。

　あの日以来、何度か私のもとを訪れては他愛のない話をしてくれたみーくんは、昨日の帰り際、『明日、杏奈に選んだ香水を持ってくる』と宣言して病室を出ていった。

　はじめこそ面倒に思っていたものの、変わりばえのない入院生活に刺激をくれるみーくんの訪問が、いつの間にか楽しみになっていた。

　翌日の夕方、言葉どおりにみーくんが訪ねてきた。

　顔を合わせたのと同時に差し出された紙袋に入っていたのは、３本の瓶。

　これが、昨日言っていた香水だろう。

「あと２本は、適当に選んだ。気に入らなかったら捨ててくれていいから」

【捨てないよ！　ありがとう！】

　えへへ、うれしい。

　つい最近出会ったばかりの、しかも、みーくんみたいなヤンキーっぽい人にプレゼントをもらうなんて、思ってもみなかったよ。

「気に入ってもらえてよかった」

【大切に使うね。本当にありがとう】

こういうとき、感謝の言葉を声で伝えられたらなぁ。

願ったってどうしようもないことだとわかっていながらも、考えてしまう。

でも、暗い気持ちはみーくんが吹きとばしてくれた。

筆談でしかコミュニケーションを取る手段がない私に、彼はその理由を聞かずにいてくれる。

やり取りがゆっくりでも、嫌な顔ひとつせずに私の言葉を待ってくれるんだ。

それがすごく心地いいんだって、きっとみーくんは気づいてないんだろう。

おだやかな空気が、みーくんの低い声が響く病室に流れる。

ずっとこんな時間が続けばいいのに……。

そんな私の薄っぺらい願望は、扉が開く音によって粉々に砕かれた。

「ごめんね、来るのが遅くなって」

「今日は柿を買ってきたよー」

スーパーのビニール袋をガサガサと鳴らしながら部屋に足を踏み入れたのは、パパ、ママ、柚葉。

３人の目がパイプ椅子に座っていたみーくんを捉えたのは、それからすぐのことだった。

ママとみーくん、ふたりはほぼ同時に会釈する。

少し遅れて、パパと柚葉も。

「杏奈、どなた……？」

少しとまどう様子を見せながら、ママが尋ねてくる。

だけど私が答えるよりも先に、みーくんが前に出た。
「はじめまして。藪内雅といいます」
　みーくんの名前を聞いて、ママは驚いたように声をあげた。
「もしかして、藪内先生の弟さん……？」
　その問いかけに、一瞬、みーくんの表情が固まってしまう。
　それを見たママは、あわてて続けた。
「ちがったらごめんなさいね！　私、よく早とちりしちゃうから……」
　あたふたと言葉を並べるママに、みーくんは小さく首を振る。
「いえ。……そうです、藪内彰の弟です」
　ぱっと表情を明るくしたお母さんとは裏腹に、みーくんの声色はどこか固い。
　そうだ、これは……藪内先生と話していたときと同じだ。
　ふたりの間には、いったいどんな事情があるんだろう。
「やっぱり！　似てると思ったのよ」
「たしかに、言われてみればそっくりだなぁ」
　思い思いの言葉を並べるママたちに笑みを浮かべているみーくんだけど、それが作り笑いだということは、付き合いの浅い私でもすぐにわかった。
　やめて、それ以上は言わないで。
　みーくんを傷つけないで……！
　我慢が限界を超えたとき、考えるよりも先に、私はみー

くんの手を取って病室を飛び出していた。

「杏奈!?」

「お姉ちゃん!?」

　背後で叫ぶ声が聞こえたけど、振り返ることはしなかった。

「杏奈！」

　大きな声で名前を呼ばれて、ようやく足を止める。

　どのくらい走ったのだろう。

　土砂降りに近い雨の中、見わたす限り誰もいない河川敷に私たちはいた。

「急にどうしたんだよ!?」

　みーくんは濡れた髪をかきあげ、反対の手で私の震える手を握ってくれた。

　なにか伝えなきゃ。

　そう思っても、肝心のペンとメモが手もとにない。

「このままじゃ風邪引くぞ」

「…………」

　なにも答えられない私を前に、なにかを振り払うように頭をがしがしとかいたみーくん。

「俺んち、すぐそこだけど……来る？」

　これを言ったのがみーくんじゃなかったら、なにかされちゃうんじゃないかって警戒して、拒んでいると思う。

　だけど、みーくんが彼女でもない女を家に連れこんで、なにかをしようだなんて考える人じゃないってことは、こ

こ数日、病室を訪れていた彼を見ていればわかる。

　こくんと首を縦に振った私の頭を、彼は優しくなでてくれた。

　河川敷から10分ほど歩くと、前方に大きくて立派な茶色いマンションが見えてきた。

　どうやら、そこがみーくんの家らしい。

「どうぞ。……ひとり暮らしだし、気を遣わなくていいから」

　みーくんの部屋は、エレベーターを最上階でおりた一番奥。

　取っ手がちょっとくすんだ金色の、黒い扉が印象的だった。

　今さらだけど、なんだかとっても緊張しちゃう。

　心の中で「お邪魔します」とつぶやいて、部屋に足を踏み入れる。

　玄関には、青のサンダルと、有名なスポーツメーカーのロゴが入った白のスニーカーが脱ぎっぱなしになっていた。

　うん、ぞんざいな感じが、なんか男の子っぽい。

　思わず口もとをゆるめてしまった私を見てか、みーくんはあわててそれを靴箱の中にしまう。

　一瞬だけしか開けられなかったけど、さっき言っていたとおり、たしかにひとり分ほどの靴しかないように見えた。

　高校生なのに、本当にひとり暮らしをしてるんだ……。

　長めの廊下をみーくんが先に歩き、ひょこひょことその

あとに続く。

　一部分がすりガラスでできた扉を開くと、だだっ広いリビングが待ちかまえていた。

　部屋のどまん中に陣取っているのは、黒くてシンプルなローテーブル。

　おそらく、それとセットであろうソファは、たぶんっていうか、絶対いいやつ。

　わぁ、テレビも結構大きいよ。

　最近まで彼女がいたにもかかわらず、部屋に女の人の気配はない。

「汚ねぇけど、我慢してな」

　みーくんはそう言ったけど、文句の付けどころがないくらい綺麗な部屋。

　っていうかこのマンション、ひとり暮らし用じゃないでしょう。

　所帯向けだよ、きっと。

　それも、"セレブ"とか"お金持ち"のつく。

　住む世界がちがうって、こういうことかなー……。

　呆気にとられてリビングの入り口に突っ立っていると、みーくんが別の部屋からグレーのスウェットの上下を持ってきてくれた。

「冷えると体に障るぞ。待ってるから、シャワー浴びてこい」

　なかば強制的に脱衣所へと連れていかれる。

　濡れた服は冷たくて、たしかに寒い。

　水分を含んでずしっと重くなったパーカーを洗濯機の中

に入れる。

　続けて、肌に張りついている病衣を脱ぎながら、ふと疑問が浮きあがった。

　どうしてみーくんは、こんな広いマンションにひとり暮らしなんだろう……？

　気になった。

　気にはなったけど、すぐに考えるのをやめた。

　それはきっと、出会ったばかりの私が詮索していい領域じゃない。

　なにか、事情があるんだよね……。

　お風呂場の引き戸を開け、中に入る。

　お湯も張っていないこの空間に、冷えた体はさすがにこたえた。

　加えて11月末の寒さだ。

　我慢できなくて、すがるように蛇口をひねると、頭上から冷水が降ってきた。

　冷た……っ！

　あわてて、水の落下地点から逃げる。

　そりゃそうだ。

　ガスの給湯スイッチはみーくんが入れておいてくれたようだけど、一瞬でお湯が出てくるはずがない。

　うー、でも寒いよう。

　早く出てきて、恵みのお湯！

　少しして出てくるようになったお湯で体を温め、申しわけないと思いつつ、石けんを拝借して体を洗った。

第1章 ≫ 35

　蛇口をひねり、お湯が止まったのを確認して、脱衣所へ出る。

　いつの間にか用意されていた水色のバスタオルは、ふかふかだった。

　みーくんの物であろう大きなスウェットを身につけてリビングに戻ると、頭にタオルをかぶった彼は、誰かと電話で話しているようだった。

「……天気も悪いし、今日はうちに泊まらせる。……それは本人が決めることだろ。俺に口出しする権利はない」

　口調的にも内容的にも、相手は藪内先生だと思う。

　先生、怒ってるかな。

　そりゃ怒るよね。

　検査結果がかんばしくなくて入院してたのに、いきなり飛び出したりなんかして。

「なにかあったら、すぐにバイク出すよ。……わかってる。でも、とりあえず今は落ちつかせてやることが先だ」

「…………」

　胸がいっぱいになった。

　私は、ほんの少し前に偶然出会っただけの女で、みーくんにとってはなんでもない存在のはずなのに。

　私を気遣ってくれているみーくんの言葉が、じんわりと心に染みた。

「杏奈？」

　いつの間にか電話を終えていたみーくんは、扉の手前で立ちすくんでいた私に気がつくと、ちょいちょいっと手招

きをした。

　まるで催眠術でもかけられたかのように、足は自然に
みーくんのもとへと向かっていく。

　隣を半分空けてくれた、お高そうなソファに腰をおろす
と、ようやく地に足が着いたような気がした。

　ホッと息をついた私の頭を、大きな手が優しくなでてく
れる。

　なんだか、あやされている赤子みたいだな、私。

「ちょっとは落ちついたか？」

　優しい口調で尋ねられて、思わず目の奥が熱くなる。

　唇を噛んで涙をこらえようとする私に、みーくんは少し
だけ口角をあげた。

「苦しいときは無理しなくていいんだぞ。泣きたいときは、
好きなだけ泣けばいい」

　おだやかで、だけど力強い言葉が、必死に積みあげてい
た堤防を、いとも簡単に壊した。

　ぽろぽろと大粒の涙が頬を伝う。

　ごめんね。

　藪内先生に似てるって言われて、嫌だったんでしょう？

　その端正な顔を歪めてしまうくらい、嫌だったんでしょ
う？

　本当に泣きたいのは、みーくんの方かもしれない。

　みーくんと藪内先生の間にどんな事情があるのかなん
て、そんなの知らない。

　だけど私、気づいてたんだよ。

あのときつかんだみーくんの手が、かすかに震えていた
ことに。

私を呼びとめた声が、涙まじりだったことに。

守ってあげられなくて……ごめんね、みーくん。

病気だと告げられたあの日、私の世界はまっ暗になった。

手術して、声を失って。

退院しても、再発におびえていた。

周りの人間の気遣いがよそよそしくて、いらだちが募っ
た。

人を信じることが怖くなった。

もしかしたら、みーくんも暗闇の中にいるのかな。

私がみーくんに対して抱くこの安心感は、心が共鳴して
いるからなのかもしれない。

そう思うと、言葉ではとうてい表せないような感情が、
私の心の中を支配した。

「あん、な……?」

身を乗りだして、みーくんを抱きしめる。

その背中は、思っていたよりもずっと広い。

私がシャワーを浴びている間に用意してくれていたのだ
ろう。

ローテーブルの上にあったペンで、メモ用紙に字を書き
なぐった。

【一緒に寝ようよ】

それを見たみーくんは、豆鉄砲を食らったかのように目
をまん丸にさせた。

その意味を汲みとれないほど、みーくんも鈍感ではない
だろう。

　バカなことを言ってるって、わかってる。

　経験があるわけでもないのに、自暴自棄になってこんな
こと言うなんて、わがままな子どもみたい。

　だけどね。

　今まで、なにも変わらなかった。

　普通に生活してたって、苦しいだけの毎日は変わらな
かったの。

　だったら、まちがっていることをしてでも、なにかを変
えるしかないじゃない。

　"平凡"じゃ嫌だと言う人もいるけど、私にとっては"平
凡"ほどうらやましいものはない。

　普通に学校に行って、普通に遊んで恋愛して。

　今の私には、なにひとつ手に入らないものばかりだ。

「杏奈……」

　みーくんの手が、そっと私に伸びてくる。

　その人差し指と親指が、むにっと私の頬をつねった。

「簡単にそんなこと言うな。お子様のくせに」

　お子様って……。

　ひとつしかちがわないのに。

　簡単に言ったんじゃないのに。

「俺が杏奈を抱く日は、絶対に来ないよ」

　私からぱっと手を離して、みーくんが必要以上に笑う。

「汚れきった俺が触れられる女じゃねぇよ、お前は」

【そんなことない】

「そんなことある」

　　だったら私も汚してよ。

　　私、綺麗なんかじゃないよ。

　　私からすれば、みーくんの方がずっと綺麗なのに。

　　だから、お願い。

　　突き放すようなこと、言わないで。

　　震える手でペンを握る。

　　書いた文字も震えていた。

【同じ人間なのに？】

「同じ人間でも、全然ちがうよ」

　　しぼるように言ったみーくんのまぶたが、さびしそうに伏せられた。

　　このとき、病気になってはじめて、人の心に近づきたいと思った。

ふたつの青のように

【杏奈side】

　あのあとどうなったのか、いっさい覚えていない。

　目が覚めたら、みーくんの匂いがするベッドの上にいた。

　なにを疑うわけでもなく、重い体を持ちあげる。

　昨日雨に濡れてしまったけど、とくに体調に問題はなさそうで、ホッと胸をなでおろした。

　リビングに向かうと、部屋の中は香ばしい匂いに包まれていた。

「お、杏奈。おはよう。よく寝られたか？」

　うなずきながらオープンキッチンにいるみーくんをのぞきこむと、彼は慣れた手つきでフライパンを揺すっていた。

　どうやら朝食を作ってくれているらしい。

　へぇ、料理できるんだ……。

　ふむふむ、今のところカウンターに並んでいるのは、トマトサラダとスクランブルエッグ。

　オーブンレンジのスイッチが入っているところを見ると、ご飯じゃなくてパンだな。

　なーんて、のん気に予想していたそのとき。

　──ピーンポーン……。

　チャイムの音が広い室内に響きわたった。

　テレビの上にかけられた時計を見ると、まだ9時前。

　こんな朝早くから、お客さん……？

第1章 ≫ 41

　　──ピーンポーン、ピーンポーン。

　　何度も鳴るチャイムにため息をついて、みーくんは火を
止めた。

「杏奈、寝室戻ってろ」

　　え……？

【どうして？】

「いいから。早く」

　　有無を言わせない口調に、私は従うことしかできなかっ
た。

　　寝室に戻ってきたところで、とくにすることもないので、
なにげなくベッドに潜ると、さっきまでそこにいた私の体
温がほんのり残っていた。

　　うーん、これはお客さんが帰るまで出られないパターン
かな？

「……よ！」

「……の!?」

　　手持ち無沙汰になっていた私の耳に届いたのは、叫び声
に近い、勢いのある話し声。

　　みーくんの落ちついた声と……少々ヒステリック気味の
甲高い女の子の声。

「昨日は納得したけど、やっぱりやりなおしたいの！　雅
のこと、忘れられないの!!」

「俺はお前のことなんか、べつに好きじゃねぇよ」

「付き合ってたときは、好きだよって言ってくれたじゃ
ん！」

「なんだ、本気にしてたのか？」

　──パンッ！

　冷たいみーくんの声のあと、乾いた音が玄関の方から聞こえてきた。

　あきれてぶったのかと思いきや、彼女はふたたび懇願する。

「雅！　お願い、考えなおして！」

「めんどくせぇな。帰れよ」

「嫌っ！」

　怒声は、しだいにすがるような泣き声へと変わっていった。

　あぁ、これだから女はヒステリーって言われるんだ。

　みーくんの言葉選びにも、かなり問題があると思うけど。

　心配になって、ふたりの様子を見るためにベッドからおり、ドアを少しだけ開けた。

　そのときだった。

「……っ！」

　重なったふたつのシルエット。

　首に絡められた腕を、みーくんは拒まない。

「好きじゃなくてもいいから、一緒にいてよ……！」

　……なんでかな。

　胸のあたりがざわざわして、苦しい。

「……帰れ」

「嫌っ」

「いいから帰れよ！」

ドアが閉まる音がしたのと同時に、女の子の声が遠ざかる。

　広い玄関で深いため息をついたのは、私の知らないみーくんだった。

　のぞいていたことを知られないように、あわてて閉めた扉の向こうに、みーくんの気配を感じる。

　入るぞ、と短く断ってから、彼は部屋に入ってきた。

「ごめん、驚かせたよな」

「…………」

「杏奈？」

　なにも答えたくなかった。

　住む世界がちがうんだって、突きつけられた気分だ。

【みーくんは愛されてていいね】

　くやしくて、つい皮肉まじりになってしまう。

　嫌な私の嫌な言葉は、みーくんの顔を引きつらせた。

　それに気づいていながらも、動かす手は止められない。

【あんな風に存在を求められて、幸せ者じゃん】

「……あいつはが好きなのは、俺の隣にいる自分だよ。それに……俺から見れば、杏奈の方が幸せだと思うけど」

　私が、幸せ……？

「愛されてるだろ、たくさんの人に」

　愛されてる？　私が……？

　なにを見たら、そんなことが言えるの？

　私には腫れ物にさわるように接するのに対し、柚葉とは楽しそうに笑い合っていたパパとママ。

学校に通っていた頃は一緒に遊んでいた友達も、病気という身近で、だけどどこか遠い存在におびえたのか、病気が発覚したのと同時に、少しずつ離れていってしまった。

　私は誰からも愛されていなかった。

　誰の一番にもなれなかったの。

　生きてる価値なんかない。

　存在する意味なんかない……。

　そう思っては苦しい思いをしてきた私は、みーくんの目にどう映ったの……？

【私は誰にも愛されてなんかないよ】

「そんなことない。杏奈はいつも誰かに想われてるはずだ」

【私がそうなら、みーくんもでしょう】

　差し出したメモを見て、みーくんのまつ毛が切なげに揺れる。

「……どうだろう。俺、いつも適当に生きてきたから、わかんねぇや」

　喉の奥からしぼりだされたような声には、さっき言い争っていたときのような力強さはなく、儚げで消えてしまいそうな気さえした。

　それから、カウンターに並べてくれたお皿をテーブルに運び、そろって席に着いた私たち。

　みーくんが作ってくれた料理は想像していたよりもずっとおいしくて、思わず頬がゆるんだ。

　食事中の会話は楽しかった。

　もっとも、話をするのはみーくんで、声を発すること

できない私は、聞き役に徹するしかできなかったけど。

「杏奈」

　朝ご飯を食べたあと、みーくんが真剣な面持ちで私の名を呼んだ。

　視線がぶつかり、動けなくなる。

「ここで一緒に暮らすか？」

　……はい？

　今、なんとおっしゃいました？

　あまりに突拍子もない提案に、私は唖然とした。

「と言っても、杏奈の体調のこともあるし、医者の……兄貴の許可が必要だ。なにより、出会ったばかりの男の家に杏奈を住まわせることを、親御さんはよしとしないかもしれない」

　まぁ、普通に考えれば反対されるだろう。

　私が親でも、きっと首を縦には振らない。

「もちろん、無理じいはしない。けど、あんな風に肩を震わせていた杏奈を、何事もなかったかのように病院に戻すのは、不安なんだ」

　付き合っているわけじゃない。

　小さい頃から一緒にいるわけでもない。

　この提案が同情から来るものだったとしても、みーくんがそう言ってくれたことが、心の底からうれしかった。

　戻りたくないの。

　病院という名の鳥かごの中は、息が詰まりそうになって

しまうから。

「答えはすぐじゃなくていい。じっくり考えてくれ」

　うなずいた私の頭の上に、みーくんはそっと手をのせた。

　みーくんの、大きくて温かな優しい手。

　その手のひらは、なぜか"彼"を思い出させる。

　あの頃の光景が、綺麗に頭の中で映されて、離れない。

　どうしてだろう。

　こんなに綺麗な思い出じゃなかったのに……。

「杏奈？　どうした？」

　みーくんの言葉にはっとして、いつの間にかうつむいて

しまっていた顔をあげた。

　今はこんなに優しいみーくんも、彼……颯みたいに、私

から離れていくときが来るのかな。

　今はもう遠い昔。

　傷だらけだった私の心をさらにズタズタに切りさいたの

は、大好きだった人の冷たい言葉。

【ううん、なんでもない】

　嫌な記憶を振りきるように、私は笑ってみせた。

『杏奈、好きだよ』

　ゆらゆらと揺れるように気持ちのいい夢の中で、彼は私

の隣にいた。

　私も好きだよ。

『泣くなって』

　何度目かのデートで見た映画の帰り道。

涙を止められないでいる私に、困ったように眉をさげて
笑った彼。
　もう、泣いてないよ。

『病気？』
　喉に腫瘍が見つかったことを告げた日。
　彼は、私の言葉をうまくのみこめないでいる様子だった。
　そんなに驚かないでよ。
『手術か……。がんばれよ』
　手術をすることになったと伝えたとき、ぎゅっと手を
握ってくれたね。
　颯が応援してくれたら、がんばれる。
『終わったら、遊園地に行こうぜ。約束な』
　手術の前日。
　病室を訪れた彼は、目を細めてそう言った。
　破ったら、許さないからね。

『声が……出ない？』
　手術を受けてから数日後、伝えるのも苦しい現実を彼
に打ちあけたとき。
　見舞いにと持ってきてくれたオレンジを、冷たい床に落
とした彼。
　私だって信じたくない。

『話せねぇとかつまんねー。別れようぜ』

二度目のお見舞いに来た彼は、冷たく私にそう言いは
なった。

　待ってよ。

　嫌だよ、颯。

　伝えたい言葉は山ほどあるはずなのに、絶望と恐怖でな
にも言えない。

『もういらねぇ』

　いらないってなに？

　私は物じゃないよ……！

　　　　　　　＊　＊　＊

「目、覚めた？」

　ソファでうたた寝をしてしまっていたらしい。

　みーくんの声に時計を見あげると、針は15時を指してい
た。

【ごめん！　寝るつもりなんてなかったんだけど】

「大丈夫、俺もウトウトしてたから。今日、あったかいも
んな」

　みーくんの言うとおり、ベランダから差しこむ光はぽか
ぽかと暖かい。

　これがおそらく、私の眠気を誘った原因。

「ちょっと休憩したら、散歩がてらに、行くか！」

【行くって……どこに？】

　お願いだから目的語をちょうだい、目的語を。

「近くのショッピングモール」

　案の定、みーくんの考えは予想のななめ上を行った。

　みーくんってば、いつもそう。

　私が思ってもみないことを、なんの前ぶれもなく言うんだから……。

　しばらくして外に出て、肺いっぱいに空気を吸いこむ。

　日光のおかげで、雨が降っていた昨日よりはかなり気温が高いけど、たまに吹く風は冷たい。

　もうコートを着ていてもおかしくないよなぁ。

【散歩はいいけど、なにしに行くの？】

「とりあえず、今必要な、杏奈の身のまわりの物を買いにいく」

　隣を歩きながら見あげる形で問うと、みーくんはなんでもないことのように答えた。

　今、"杏奈の"って言ったよね……？

【私、お金持ってきてないよ】

「そんなの俺が出す」

【みーくんに、そこまでしてもらうわけにはいかない】

「いいって。遠慮すんな」

【よくないよ！】

　お互い、一歩も譲らず。

　冷戦状態になりかけたとき、みーくんが小さく息を吐いた。

「ずっとその格好でいるつもりか？」

彼は私の頭のてっぺんからつま先までを、じっと見た。

　病院を飛び出してきた私は、もちろん着替えなんて持っ
てきているはずもなく。

　寝るときはみーくんのスウェットを借りたけど、そのま
ま出かけるわけにもいかない。

　そのことに気づいたみーくんは、私には丈が長すぎる自
分のジーンズを切って、少し大きめのショートパンツにし
てくれた。

　トップスにと貸してくれたのは、ボルドーのセーター。

　靴は病院で使っているスリッパだし、なによりストッキ
ングすら履いていないから、寒い。

【それは……】

「俺がいいって言ってんだから、いいんだよ。……振り込
まれてくる金なんて、どうせ使わねぇんだし」

　振り込まれてくるお金……？

「金のことは気にすんな。欲しい物は好きなだけ買え」

【好きなだけって……そのお金、みーくんは使わないの？】

「俺が使うのは、自分で稼いだ金だけだから」

　どうやらみーくんは、その"振り込まれてくるお金"に、
自分自身で手をつけたくないらしい。

【自分で稼いだお金って……バイトでもしてるの？】

「うん、居酒屋で」

　へぇ、そうなんだ……。

　みーくんの働く姿、どんなだろう。

「ほんと、金のことは気にしなくていいから」

第 1 章 ≫ 51

　うーん。そうは言っても、やっぱり申しわけないよ。

【じゃあ、せめてみーくんが選んで】

　ほんの一瞬、私のお願いに困惑の色を見せたみーくんだけど、折れる部分は折れた私を前に、なにも言わなかった。

　ショッピングモールに入るなり、近くにあったレディース服の専門店で、みーくんは洋服たちとにらめっこ。

　あら、結構真剣に考えてくれてる。

「この柄とこの柄、どっちが好き？」

　シルエットは同じワンピースを両手に、みーくんは私に向きなおる。

　お、ガーリーでかわいい服。

　みーくん、こういう服が好きなのかな。

　少しの間、悩む素振りをしてから花柄の方を指さすと、みーくんは満足そうに笑ったのだった。

「ちょっとジュース買ってくる。ここで待ってて」

　選んだワンピースやその他もろもろを購入後、一言だけ残して、自動販売機がある通路へと走っていったみーくん。

　そのうしろ姿をじっと見つめる。

　一緒に暮さないかって、みーくんはたしかにそう言ってくれた。

　みーくんといると、家や病院にいるときより、ずっと時間の流れを早く感じる。

　きっとそれは、私がみーくんと過ごす時間の中に、楽し

さを感じているからなんだと思う。

　ねぇ、みーくん。

　君がくれるその優しさに、私は甘えてもいいのかな。

「映画、おもしろかったねぇ〜」

「そうだなー。最後はどんでん返しで、結構よかった」

　ふいに、男女の会話が耳に入ってきた。

「またなにか観にいこうねぇ〜」

「次は映画じゃなくて、他のとこ行こうぜ」

　いかにもカップルって感じの会話だなぁ……。

　視線を声のする方に向ける。

　その行為に深い意味はなかった。

　ない、はずだった。

「……！」

　彼女に腕を組まれた彼氏と視線が絡む。

　一瞬にして脳裏に蘇る、１年前の記憶。

　頭の隅に追いやられていたはずの彼の笑顔は、まるで昨日の記憶のように鮮明に映しだされた。

「杏、奈……？」

　……颯。

『話せねぇとかつまんねー。別れようぜ』

　そう言って私を捨てた元彼。

　もう会うことなんてないって思ってたのに……。

「颯ぇ。この子、誰ぇ〜？」

　私をにらみながら、さっきと同じような甘い声で尋ねる彼女さんに、颯は目を泳がせて困惑気味に答えた。

「中学の同級生」

　中学の、同級生……。

　まちがいではない。

　中学が同じで、高校は別々だった。

　それでも私たちは、中学3年生の秋から1年間、恋人という関係だった。

　それなのに……。

　颯にとって、私はたったそれだけの存在なの？

　元カノとしてすら、扱われないの？

「ほんとぉ～？」

「ほんと、ほんと」

　優しい眼差しを彼女に向ける颯。

　なんで……？

　なんで颯だけ、そんなに幸せそうなの。

　私の心は、こんなにも締めつけられているのに。

　付き合ってたときも、別れてからも、颯の不幸なんて望んでなかったよ。

　大好きで大切だったから、幸せを願った……つもりだった。

　だけど、追い打ちをかけるように冷たい言葉を放った颯を思いやれるほど、私はお人よしでも、できた人間でもなかった。

　心のどこかでは、私と同じように不幸であれと、幸せになんかなるなって、そう思ってたんだと思う。

　私だけ残されるのが、嫌だったんだ。

「ひとり？　それとも、誰かと来てんの？」

　颯はあざ笑うように問う。

　ううん。もしかしたら颯は、普通に話しているだけなのかもしれない。

　だけど、私の頭はそう捉えてしまうんだ。

　今はもう、本当に遠い存在になってしまった颯。

「…………」

「なに？　なんでこの子、なにも答えないの？」

　自分の彼氏が見知らぬ女との会話を継続させたのが気に食わないのか、いらだちをあらわにする彼女さん。

　彼女が身につけるきつい香水が、つんと鼻を刺激する。

「返事くらいしなさいよ！」

「…………」

　返事ができたらいいのにね。

　そしたら、私と颯は別れてなかったかもしれない。

　別れることがなかったら、あなたと颯は付き合ってなかったんだよ……。

　そう言えたら、どんなに幸せだろう。

「……もう行こう、サラ」

「……なんで？」

　サラと呼ばれた彼女は、颯の言葉に眉根を寄せた。

　さっきまでの口調はどこへ行ったのやら。

「もういいから。行くぞ」

「そんなに言うなら、先行っててよ」

「それじゃ意味ねえんだよ！」

第1章 ▶▶ 55

　声を荒らげた颯に、彼女さんの表情がさらに険しくなっていく。

「なんで？　その言い方、この子をかばってるようにしか聞こえないんだけど」

　かばってる……？

　そんなはずない。

　颯がそんなことするわけない。

「ちがうよ。いいから」

「嫌だってば！」

　早くここから立ち去ってよ。

　逃げたい。

　ここにいたくない。

　なにも聞きたくなくてぎゅっと目をつむった瞬間、私の肩を誰かが優しくたたいた。

「杏奈」

　そっと振り向くと、ホットティーとココアのペットボトルを持ったみーくんが背後に立っていた。

「お待たせ……って、誰？」

　ジロジロと颯を見る、みーくん。

「お前こそ、誰だよ」

　負けじと言い返す颯。

　その姿はもう、私が好きだった頃の颯じゃない。

　1年前よりもぐっと背が伸びて、声もうんと低くなった。

　雰囲気も、なにもかもが、別人みたいだよ。

「誰って……」

みーくんはそう言って、私を見た。

　……なんでかな。

　私の目には涙が浮かんでいて、視界も歪んでいる。

「……杏奈の彼氏だけど」

　私の肩を抱きよせて、そう言ってくれたみーくん。

　とたんに涙が溢れて、こぼれ落ちる。

　私って、こんなに涙もろかったっけ……？

　こんなに弱かったかな？

　こんなに自分に素直でいられた？

　……ちがう。

　私はきっと、我慢してた。

　いつの間にか、喜怒哀楽を表に出すことができなくなっていた。

　でも今、はっきりとわかるよ。

　颯の幸せそうな姿を見て、悲しいと思ってしまったこと。

　そしてなにより、その場しのぎの嘘だとわかっていても、みーくんが私をかばってくれてうれしいって思ったこと。

　失いかけていた感情が、ちゃんと自分の中に存在するんだと。

　……守ってもらってばかりじゃダメだ。

　私はか弱いお姫様じゃない。

　ちゃんと、自分の足で立たないといけない。

　闘わなきゃ。

　自分とも、病気とも。

　きゅっと唇を結び、震える手でペンを走らせる。

本当は怖い。

　逃げたくて仕方ない。

　だけどここにいられるのは、隣にみーくんがいてくれるからなんだ。

【私、ただの同級生じゃないよ】

「え……？」

【去年の秋まで、颯と付き合ってた】

　本来なら、言う必要はなかったかもしれない。

　颯がそれを望んでいないことも知っている。

　それをあえて言葉にした私は、きっと醜い。

　でも、ここで自分の感情を抑えてしまえば、言いたいことをのみこんでしまえば……今までの自分と、なにも変わらない。

「えっ……」

　彼女さんの表情が、一瞬で強ばっていく。

「どういうこと……？」

　颯は目を見開いて私を見た。

　おおよそ、なにも言わないと思ってたんでしょう。

　別れたときと同じように、なにも言えないだろうって。

　でも、私だって感情を持った人間。

　たしかに存在した過去を、ないがしろにされるのはくやしいよ。

　汚いやり方かもしれない。

　私を捨てた颯への当てつけのようにも捉えられるかもしれない。

それでも、付き合っていたという事実を伝えたことで、くすぶっていたなにかが吹っきれた気がしたの。

「杏奈、行こうか」

　私の手を取り、その場に背を向けたみーくん。

　その背中は広くて頼もしくて、ぎゅうってしたくなったよ。

　少し歩いて、人気のない通路のベンチに腰をおろした。

「ん。どっちがいい？」

　差し出された２本のペットボトル。

　私はホットティーを受け取った。

「さっきの……元彼？」

　ためらいがちに聞いてきたみーくんに、私は小さくうなずく。

「……そっか」

　ホットティーともココアともちがう甘い香りが、私の鼻をくすぐる。

　あ、今日はちがう香水。

　でも、どの香りでも、みーくんらしい。

　さっきの彼女さんのとはちがって、落ちつくんだ。

【なにも聞かないの？】

「杏奈が言わないことを、わざわざ聞いたりしねぇよ」

　私の声が出ないことも、涙を流す理由も無理に聞いてこないみーくんは、やっぱり優しいね。

　だけど、それを当たり前だなんて思っちゃいけない。

当たり前だと思った瞬間から、君がくれる優しさに感謝することを忘れてしまいそうだから。

「杏奈、答えは出た？」

『ここで一緒に暮らすか？』

　そう言ってくれたみーくん。

　そんなの、もうとっくに出てた。

　ただそれを、言葉にするのが怖かっただけ。

【私が隣にいたら、迷惑じゃない？】

「全然」

　即座に返事してくれたことに、ホッと胸をなでおろす。

　私、ここにいたいよ。

　みーくんの隣なら、笑っていられる気がするの。

「じゃあ、ちゃんと杏奈の親御さんに許可もらわなきゃな」

“親”

　そのキーワードを聞いて、とっさに思い浮かべたのは、困った顔をしたパパとママ。

　みーくんと一緒に暮らすって言ったら、なんて言うだろう。

　真正面から向き合うことなんて、私にできるのかな。

　それに、許可を得なければならない人物がもうひとり。

【あのマンションで暮らすってことは通院することになるんだろうけど……藪内先生、いいって言ってくれるかな】

　私の担当医で、みーくんのお兄さんでもある藪内先生。

　そんな彼の名前が話題にあがることは、とりわけおかしいことではないはず。

なのに、メモを見たみーくんの表情が一瞬曇ったから、踏みこんではいけないとわかっていても、尋ねずにはいられなかった。

【みーくんと藪内先生って、あんまり仲よくないの？】

　おそるおそるみーくんの様子をうかがうけど、彼はやっぱり険しい顔をしている。

　しまった、やっぱり聞かなきゃよかった……。

　後悔先に立たずって、たぶんこういうことだ。

【ごめん、やっぱり忘れてっ。みーくんはなにも聞かないでいてくれるのに、私だけ聞くのはずるいよね】

　あわてて書きなぐった字を見て、みーくんはホッとした様子。

　うん、これでよかった。

　きっと、ふたりの間には、私の知りえないいろんな事情があるんだろう。

　気になるけど、触れちゃダメだよね。

「まっ、俺もがんばって説得するからさ！　幸い部屋は余ってるし、好きに使ってくれていいから」

　少しの間流れた沈黙を取っぱらうように、みーくんが明るく言う。

　うなずいた私を見て、みーくんはくしゃくしゃと私の頭を少しだけ乱暴になでた。

　おかげで、手ぐしで梳いただけの髪は、さらにボサボサになる。

　もうっ！

「そうと決まれば、杏奈のベッドとかも必要になるな。買いにいくか！」

　べ、ベッドまで買うの……!?

【さすがにそれは……！】

「今さら遠慮すんなって。ほら、行くぞ」

　そう言って、私の手を引っぱるみーくん。

　そばにいることを許してくれたけど、もし拒まれてしまったら……私はどうなるんだろう。

　みーくんはたくさんのものをくれるけど、私はなにかを返すことができるのかな……？

　結局ベッドの購入は、みーくんの家に身を寄せることを両親と藪内先生に許してもらってからにすることにした。

　みーくんはとっても不満げだったけど、こればっかりはさすがに引きさがれなかった。

　それ以外に必要な物をひととおり買いそろえ、ショッピングモールをあとにしようとしたとき、みーくんが短く声をあげた。

「杏奈、スマホ持ってる？」

　みーくんの問いかけに、思わずドキッとしてしまう。

　スマホには、あまりいい思い出がない。

　普通に学校に通っていた頃は、友達と連絡を取り合う手段として有効に活用していたスマホ。

　だけど、その友達が私の周りから離れてしまい、スマホが意味をなすことはほとんどなくなった。

スマホが鳴らないことに傷つくのが嫌で、パパたちに言って解約してもらったんだ。

【今年の初め頃に解約したけど……なんで？】

「なんとなく。てか、なんか甘いもん食べたくない？」

　みーくんの視線の先には、テラスがあるオシャレなカフェ。

　店の外に貼ってあるポスターに書かれた、お店イチオシのパンケーキは……うん、たしかにおいしそう。

「決まりだな。行こうぜ」

　私の表情がよっぽど輝いたのか、みーくんは決定事項としてお店へと歩いていく。

　へぇ、みーくんは甘いものが好きなのか。

　覚えとこ。

　店内に入ると、大学生くらいの綺麗な女の店員さんが「お好きな席へどうぞ」と言うので、私たちは一番窓側の席に座った。

　小さな子供を連れた人、スイーツを頬張って友達や恋人と幸せそうに笑う人、コーヒー片手にパソコンと向き合う人。

　いろんな人が、同じ空間にいる。

　普段なら関わることのないような人たちだと思うと、それだけでなんか不思議。

「なに頼む？」

【みーくんに任せるよ】

「それじゃ意味ねぇだろ。好きなの頼めよ」

ほら、と差し出された見開きのメニュー。

　そんなこと言われたって……パンケーキにパフェ、どれも同じくらいおいしそうなんだもん。

【みーくんはなにするの？】

「んー、迷い中」

　うなりながらメニューとにらめっこするみーくんは、本当に年上なのかと思わず疑ってしまうくらい、可愛い。

　みーくんに言ったら怒りそうだから、絶対に言えないけどね。

　結局、私ははじめに惹かれたパンケーキ、そしてみーくんは、長い格闘の末にクレームブリュレに決めた。

「ごめん、ちょっと電話かけてきていい？」

　さっきのお姉さんにオーダーを伝えた直後、椅子から腰を浮かせつつ、私に断りを入れたみーくん。

　私がうなずくと、彼はやわらかく笑って店の外に出ていった。

　そっと窓の外に視線を移すと、植えこみに飾られた電飾が光を灯していた。

　そっか、もうすぐクリスマスかぁ。

　去年の今頃は、声が出ないことが悲しくて苦しくて、毎日泣きあかしてたっけ……。

　過去を振り返ってみても、あんなに最悪なクリスマスはなかった。

　今年は、去年の分まで楽しめるといいなぁ……。

いつの間にかうつむいてしまっていた私の視界の端に、
キャメルの靴が映りこむ。

　あ、みーくんが帰ってきた。

　おかえり、という言葉を用意して、ぱっと顔をあげる。

　だけどそこにいたのは、望んでいた人物ではなかった。

「君、ひとり？」

　あきらかにチャラチャラした男がふたり、目の前に立っ
ている。

「俺ら、今来たんだよね。一緒に座っていい？」

　水の入ったグラス、ふたつあるのに……。

　拒否の意思を伝えようと思っても、恐怖で体が動かない。

　店員さんに助けを求めようと思っても、ちょうど死角に
なっているのか、私の方からもその姿をうかがうことはで
きなかった。

　やだ。やめて。

　怖いよ。

　早く帰ってきて、みーくん……！

「このあと３人でカラオケ行かない？」

「俺らが奢るからさー！」

　突如置かれた状況に我慢できなくなって、ぎゅっと目を
つむった、そのときだった。

「へぇ、カラオケか。俺も連れてけよ」

　待ちこがれた人の声が、男たちの向こうから聞こえてき
た。

　やっぱり来てくれた。

助けてくれた。

　みーくんの声を聞いて、緊張の糸が切れてしまう。

「み……雅!?」

　男たちがみーくんの名前を呼んだのは、込みあげてきた涙を拭おうとしたのとほぼ同時だった。

　……え?

　なんでこの人たち……みーくんの名前を知ってるの?

「お前ら、なにしてんの?」

　颯を相手にしていたときよりも、ずっと低いみーくんの声に、ぞくりと悪寒が走る。

「なにって、見りゃわかんだろ?」

「可愛いだろ、この子。俺のタイプなんだよねー」

　男のひとりに腕をつかまれる。

　そこに優しさなんてない。

「たまたま、窓の外からこの子が見えてさぁ。ひとりだったし、これを逃す手はないと思って」

「雅も可愛いって思うよな?」

　待って。頭がついていかない。

　この人たちとみーくんは、知り合いなの……?

「……離せよ」

「は?」

　低くつぶやいたみーくんの声は、ほんの少し震えていた。

「汚ねぇ手で杏奈にさわんじゃねぇよ!」

　怒りをあらわにして声を荒らげたみーくんは、私の腕をつかんでいた男を殴りとばした。

ガタガタと音を立てて、近くにあった机と椅子が倒れる。

　なに……？

　いったい、なにが起こってるの……？

　目の前で繰りひろげられる状況を、うまく理解できない。

「いってぇ……。なにすんだよ！」

「杏奈は、俺らみたいなのが簡単に触れていい女じゃねぇんだよ！」

　やっと騒ぎに気づいた男性の店員さんが姿を現すも、みーくんの剣幕がそこに立ち入ることを許さなかった。

「杏奈、行こう」

　険しい顔のままのみーくんが、目の前の光景をただ見つめるしかできないでいた私の手を取ろうとする。

　けど、すぐにそれは引っこめられた。

　ズキン、と胸が痛くなる。

　あれだけ悩んで決めたデザートを待つことなく、伝票を持ってレジへ向かったみーくんの拳には、うっすらと血がにじんでいた。

「……ごめん」

　消えいりそうな声で、みーくんがそのたった３文字を声に乗せたのは、カフェを飛び出してしばらく歩いたときだった。

　なんで謝るの？

　なにに対して謝ってるの……？

　ときどき、みーくんをすごく遠くに感じることがある。

私たちふたりは空と海のように、同じ色だったとしても、決して交わることはない。

【ごめんって、なにが？】

「なにって……」

　とまどったように目を伏せたみーくんのまつ毛は長くて、綺麗で……。

　やっぱり、整った顔をしていた。

　金色の髪は、街灯に透けている。

　今はそれが、なんだか無性に切ない。

【わかんないなら謝らないでよ！】

　本当はこんなことを言いたいんじゃない。

　困らせるだけだから、こんなこと口にしたくないのに、溢れる感情を抑えられない。

　ただ、みーくんが遠いことが悲しいんだ……。

「……ごめん」

　謝らないで。

　悪いのは、子供の私。

　みーくんは、なにも悪くない。

　私は、みーくんの足かせにしかならない。

「杏奈っ!?」

　気がついたら、右も左もわからない街を駆けだしていた。

　無我夢中で走って、歪んだ世界の最後に見たのは、今にも落ちてきそうな星空だった。

共存する光と闇

【杏奈side】

「……杏奈ちゃん？」

　目を開けると、ぼんやりとした視界の端に、カルテらしきものを持った藪内先生を捉えた。

　大嫌いな消毒液の臭いが鼻を刺激し、ようやく今自分が置かれている状況を理解する。

　みーくんから逃げるように駆けだしたところまでは覚えてるんだけど……。

　そっか、倒れちゃったんだ……私。

　視線だけを窓の外に向けると、空が明るい。

　太陽がてっぺんに近づいているから、今はお昼くらいかな。

「走っちゃダメだって言ってたのに」

　あきれ気味に言いつつ、私の左腕に繋がれた点滴を、慣れた手つきでチェックする藪内先生。

　最悪だ……。

　こんな形で、ここに戻ってきちゃうなんて。

　無機質な部屋にいることにも、点滴に繋がれていることにも慣れっこなんて……なんか嫌だなぁ。

「昨日の夜、杏奈ちゃんが倒れたって雅から連絡を受けたときは、本当に肝が冷えたよ」

　みーくんから……？

第1章 >> 69

「駆けだした杏奈ちゃんのあとを追った雅が、人気のない
道端で倒れている君を発見して、救急車を呼んだんだ」

　救急車を呼んでくれたのは……みーくんだったんだね。

　じわり、と目に涙がにじむ。

　私、迷惑かけてばっかりだ。

「ご両親もさっきまでここにいたんだよ。いったん帰って、
また来るってさ」

　ドクン、と心臓が嫌な波を打つ。

　そっか……そうだよね。

　そりゃ、ふたりにだって連絡されてるよね。

「心配してたよ、ふたりとも」

　心配……？

　本当にそれだけかな。

　勝手に病院を飛び出した娘が、倒れて救急車で搬送され
たって聞いたとき……ふたりはどう思ったんだろう。

「うん、問題ないね」

　点滴のチェックを終えた藪内先生が、ふいに真剣な表情
を浮かべる。

「通院にしたいんだって？」

　なんでそれを……。

　私の困惑を読みとったのか、藪内先生が言葉を付け足す。

「昨日、雅から聞いたんだよ。ご両親の許可が得られたら、
あいつが住むマンションで一緒に暮らしたいってことも」

　なんでもないことのように投げかけられた言葉に一瞬、
息が詰まる。

藪内先生に話しておいてくれたんだ……。

　重い体を起こそうとすると、藪内先生がとっさに支えて
くれる。

　その腕に寄りかかって起きあがり、部屋全体を見わたす
けど、みーくんの姿はない。

　いったい、みーくんはどこにいるんだろう……。

　みーくんから聞いたってことは、まだあの話は生きて
るってことだよね……？

　藪内先生の問いにうなずくと、彼は少しだけ表情を険し
くした。

　こ、これはダメって言われるパターン？

「一応、検査の結果は出たから、かまわないよ」

　え、ほんとに……？

　予想外の言葉を聞くことができてホッとした私をよそ
に、藪内先生は難しい顔をしたまま。

「その検査の結果、ご両親にはもう伝えてあるんだ。杏奈
ちゃんには俺の口から伝えてくれって頼まれてる」

　藪内先生の目が、まっすぐに私を見すえた。

「言ってもいい？」

　その問いかけにうなずいたものの、とたんに嫌な汗が背
中を流れる。

　なにを言われるんだろう……。

　きゅっと唇を結んで、藪内先生の言葉を待った。

「腫瘍が、脳に転移してることがわかったんだ」

「…………」

奈落の底にたたき落とされた。

それが、たぶん今の私の感情の表現方法としては一番正しい。

転移……って……。

「幸い、定期検診で早期に発見することができたから、通院しながらの治療でも問題ないよ」

あとから付け足された言葉は、なんの気休めにもならなかった。

「ただし、少しでも体調が悪くなれば、すぐに病院に戻ってきてもらうからね」

藪内先生の釘を刺す言葉は、まったく頭に入らずに耳を通りぬけていった。

「じゃあ……俺は戻るね。なにかあったら、また呼んで」

私に気を遣ってか、それ以上はなにも言わずに病室を出ていった藪内先生。

ひとり残された部屋は、恐ろしく寒く感じる。

転移って、再発したってこと……だよね？

頭で藪内先生の言葉を反芻すると、目の奥が熱くなった。

あの日。

自分が病気であることを告げられた日。

目の前がまっ暗になって、少し先の未来すら見えなくなった。

１年前のあの日々がフラッシュバックする。

……怖い。

怖くてたまらない。

腫瘍を早期に発見できたからといって、それが爆弾であることに変わりはない。

　死の引き金がいつ引かれたっておかしくないはずだ。

「……っ」

　涙が次から次へと溢れてきた。

　死ぬかもしれないという恐怖が、私の心を蝕んでいく。

　なんで？

　なんで私ばっかり。

　どうして……。

　つい最近までは、ずっと死にたいって思ってた。

　声、夢、恋人、友達……。

　なにもかもを失った世界に、なんの希望も持てなかったから。

　だけど、実際に〝死〞に直面した今、私の中には恐怖しか存在しない。

　また誰かと恋に落ちて、幸せになって、颯を見返したい。

　藪内先生と万里ちゃんの結婚式に参列したい。

　みーくんと一緒に、あのマンションで暮らしたい……。

　考えれば考えるほど、やりたいことが溢れてくる。

　まだ生きていたいんだって……心が叫んでるんだよ。

　込みあげる涙をこらえることができなくなって、私はベッドの上で肩を震わせて泣いた。

　自分の正直な気持ちに気がついて、さらに涙がこぼれた。

　涙が枯れないことは、もうとっくに知っている。

第1章 ≫ 73

　しばらく泣いたあと、泣きはらした目はそのままに、私はふらふらと廊下に出た。

　目的地は、談話スペースにある自動販売機。

　こんなときでも喉が渇くなんて、人間の体はよくできすぎてるよ。

　めまいのせいで、おぼつかない足取りではあるものの、談話スペースまであと少しのところまで来た。

「本気か？　雅」

「……なにが」

　角を曲がろうとしたとき、談話スペースから聞き覚えのあるふたつの声が聞こえてきた。

　さっきまで話していたからまちがいない。

　藪内先生とみーくんだ。

　ほぼ反射的に足を止め、耳をすます。

「杏奈ちゃんのことだよ」

　私の名前が出て、思いあたるのはひとつしかない。

「冗談でそんなこと言わねぇよ」

「お前、自分がなにを言ってるかわかってんのか……!?」

「わかってるよ。理解したうえで、あいつのそばにいたいんだ」

　よどみのない、強い力のこもった言葉だった。

　うれしい。

　みーくんがそんな風に言ってくれるなんて、思ってもみなかったよ。

「お前が杏奈ちゃんに対して抱いているのは……恋愛感情

なのか？」

　藪内先生の突然の問いかけに、困惑した私が聞いてるなんて知らないみーくんは、深いため息をつく。

「ちがうっていうのが、兄貴や親父の望む答えだろ？」

　望む答えって、なに……？

　低い声、冷たい視線。

　なんとなく、みーくんと藪内先生の間に溝があることには気づいていた。

「雅、わかってるんだろ？」

「…………」

「お前と杏奈ちゃんは、結ばれるべきじゃない」

　その一言を聞いた瞬間、息ができないくらい苦しくなった。

　結ばれるべきじゃないって、なんなの……？

「……“杏奈と”っていうか、“誰とも”だろ？」

「……そうだ」

　誰とも結ばれちゃいけないなんて……幸せになってはいけないって、烙印を押されているみたい。

　それを、藪内先生が肯定するなんて……。

「お前は……」

「心配いらねぇよ。杏奈は俺の妹みたいなもんだから」

　一瞬にして、体中が熱くなる。

　どうしてこんなに苦しいの？

　どうしてこんなに悲しいの？

　それは、いつか経験した苦しさと似ている。

第1章 >> 75

　そうだ、これは颯を好きだった頃と同じ気持ち。

　自分で考えて、ハッとする。

　私、みーくんのことが好きなの……？

「忘れるな。もし仮に、お前と杏奈ちゃんが想い合うような
ことがあれば……杏奈ちゃんにも火の粉が飛ぶってこ
と」

「……わかってる。そんなことは絶対にさせねぇ。たとえ、
親父にだって……兄貴、あんたにだってな」

　強い意思をはらんだようなみーくんの声は、私の中のな
にかを粉々に打ちくだいた。

　私たちは想い合ってはいけない。

　結ばれてはいけない……。

　何度も何度も、藪内先生の言葉が頭の中でリピートされ
る。

　みーくんが私になにも話さない理由は、そこにあるの？

　どういう意図で言われたのかなんて、私には見当もつか
ない。

　私はみーくんのこと、本当になんにも知らないんだね。

　飲み物を買うのを断念した私は、病室へと戻った。

　窓についた水滴が、太陽の光に照らされている。

　輝く結露はとても綺麗だったけど、私の心は曇っていた。

「杏奈」

　窓際で外の景色を眺めながら、どれくらい立ちつくして
いただろう。

呼ばれた声に振り向くと、申しわけなさそうな顔をした
みーくんが、開いたドアの向こうに立っていた。
「体調、大丈夫か……？」
　遠慮がちに尋ねるみーくんに、私は口角をあげてうなず
く。
　すると彼は、ホッとしたように表情をやわらげ、病室に
足を踏みいれた。
　そして、私の目の前まで歩みを進めると、がばっと頭を
さげた。
「あんな目にあわせて……ごめん」
　みーくんの言葉が、カフェで男たちに絡まれたことを指
しているということは、すぐにわかった。
　やめて。
　みーくんは悪くないんだから、そんな顔しないで。
【あの人たちは、みーくんのなに？】
「……クラスメート」
【それって、友達だよね？】
「……うん」
　わざわざ "クラスメート" なんて言い方、しなくていい
のに。
　自分の友達が私に絡んだことを負い目に感じているのか
もしれないけど、べつに隠さなくていい。
　私に隠す必要なんか、どこにもないよ。
　周りにいる人や、私たちを取りまく環境。
　私とみーくんが住む世界はちがいすぎるって、そんなこ

と、はじめから知ってた。

【ナンパなんて、本当にあるんだね。びっくりしちゃった】

「……杏奈」

【みーくんもあんな風に、知らない女の人に声をかけたりするの？】

　今私、すっごく嫌な女だ。

　みーくんは真正面から私に謝ってくれたのに、嫌味でしか返せない。

「杏奈！」

　醜い自分が嫌になって、唇を強く噛んだ私の腕を、みーくんがつかんだ。

　嫌だ。

　離してよ。

　また涙が出てきちゃうじゃんか。

　本当は、ショックだったの。

　見ず知らずの私にあんな風に迫ってきた男たちと、太陽みたいに笑うみーくんの間に、繋がりがあったこと。

　みーくんの交友関係に口出しできる立場じゃないけど、嫌だった。

　なんでこんな気持ちになるのか、自分でもわかんないよ。

「……俺も、あいつらと変わんねぇよ。昨日の元カノとのやり取り、聞いてただろ？」

　否定してほしかった。

　自分はそんなことしないって。

　なのに、嘘偽りなく答えてしまう君は、時にすごく残酷

だね。

【みーくんって、今まで何人の人と付き合ってきたの？】

　私の質問に、みーくんは自嘲気味に笑う。

「付き合ってなくても、適当に遊んだりしてたから……」

【みんな遊びだったの？】

「……ひとりだけ、本気だった」

"本気だった"

　過去形で話されたことに、ホッとしている私がいる。

　あぁ、私ってつくづく嫌な女だなぁ。

「……家庭教師の先生だった。俺が高１だったから……向こうは大学２年生だったかな。そのときからひとりであのマンションに住んでて、適当な生活を送ってたから、結構世話焼かれた」

【……なんで、その頃からひとり暮らししてたの】

　ここから先は、みーくんの踏みこまれたくない領域なんだと思う。

　それがわかってたから、今まで聞けなかった。

　それなのに聞いちゃったのは、たぶん、みーくんがあまりに切なく笑うから。

「がんばることがバカらしくなって、全部嫌になったんだ。髪染めてピアスあけたら親父がキレて、出ていけって言われたんだよ。住む場所と生活費は、一応くれたけど」

　いつもなら淡々と答えるみーくんは、苦しそうに顔を歪めて声をしぼりだしている。

　その表情の中になにが隠されているかなんて、私にはわ

かんない。

わかんないけど、わかりたいって思っちゃうんだよ。

「杏奈……？」

心底驚いたような声をみーくんが発したのは、私が抱きついたから。

でも、無理やり聞きだすのはちがうね。

だから、せめて私の気持ちだけでも伝わって。

みーくんはひとりじゃないよって、そんな想い。

「……ありがとな」

みーくんのたくましい腕が、私の背中に回される。

その温もりに、なんでか私の方が泣きそうになった。

ねぇ、みーくん。

気づいちゃったよ。

私はみーくんのことが好きなんだって。

だから、こんなにも愛おしくなったり、悲しくなったりするんだって。

私とみーくんじゃ、住む世界がちがうことなんてわかってる。

だけどきっと、好きになるのにそんなの関係ないんだ。

出会ってからの短い時間の中で、みーくんは私の特別になった。

私もみーくんの一番になりたいって思うのは、わがままかなぁ……？

名残惜しさを感じつつ、体をそっと離したあと、みーくんはパイプ椅子、私はベッドに座った。

気はずかしくて顔を背けた私に差し出されたのは、オレンジ色のロゴが入った紙袋。
「電話をかけに、カフェで席を立っただろ？　あのとき、これを知り合いに頼んでたんだ。契約の手続きとか、俺はまだ未成年でできねぇから」
　受け取って中を確認すると、そこには白い箱が入っている。
【これ……】
「言ったら遠慮されるかなって思って、黙ってた。ごめん」
　箱を開けると、ピンク色のスマートフォンが姿を見せた。
【うれしいけど……なんで？】
　喜びの中に混じる疑問を伝えると、みーくんは眉をさげて笑った。
「会話してるとすぐにメモがいっぱいになってるの見て、スマホの方が便利なんじゃねぇかって思ったんだ」
【えっ】
「はじめはとまどうかもしれねぇけど、慣れたらこっちの方がスピードも速くなると思うし」
　画面をスライドするだけで操作することを、フリック操作っていうんだっけ。
　たしかに、慣れれば筆談よりもスピードは格段にあがると思うけど……。
【こんなの、私にはもったいないよ】
　さすがにもらえない。
　困惑する私に、みーくんがニッと笑う。

第1章 >> 81

「俺が、杏奈ともっといっぱい話したいだけだし。端末の契約はもう済んでるから、受け取ってくれるとうれしいかな」

　私はとまどいながらも、首を縦に振る。

　うれしい。

　みーくんが私のためにしてくれたことを、拒むわけないじゃない。

「なぁ、杏奈……」

　──ガラッ。

　みーくんの言葉を遮るように、病室のドアが開いた。

　その向こうに立つパパとママの目が、私たちふたりを捉える。

「杏奈……」

　病室に足を踏みいれたママの目もとに、クマがあることに気づく。

　それに、少し……痩せた？

　目に見えてわかるママの変化。

　パパだって、本当なら今日は仕事のはずだ。

「あんたって子は……っ！」

　目に涙をためて歩みよってきたかと思えば、パンッと私の頬をぶったママ。

　え……？

　あまりに突然のことに呆然としていると、ふわりと懐かしい匂いに包まれた。

「突然、病室を飛び出していったかと思えば、倒れて運ば

れてくるなんて……心配したのよ……！」

　ママの細い体が、小さく震えている。

　どうしたらいいのかわからなくなって、扉のそばでその様子を眺めているパパに視線を移すと、パパもまた、喜怒哀楽が入りみだれたような顔をしていた。

「杏奈は俺のところにいました。すみません」

　少しの間流れた沈黙を破ったのは、みーくんの謝罪の言葉。

　ハッとして声のした方を見ると、みーくんが深々と頭をさげていた。

　なんで。

　勝手に飛び出したのは私なのに、なんでみーくんが謝る必要があるの？

　私から体を離したママが、ズッと鼻をすすってみーくんに向き合う。

　ピリッと、空気が張りつめた気がした。

「迷惑かけてごめんなさいね、雅くん。この子ったら、後先考えずに突っ走っちゃうところあるから」

　ママの言葉に、みーくんは「いえ」と短く答えた。

　目の前で行われるやり取りに、微妙な気分になる。

　実際はどうであれ、建前として必要な会話なのかな。

　それが納得いかない私は、まだ子供なのかな。

「杏奈」

　みーくんに呼ばれ、いつの間にか足もとに落としてしまっていた視線をあげた。

視線が絡む。

「心配するご両親の姿を見ても……意思は変わらないか？」

　最後の最後に判断を委ねるあたり、優しいんだか、ずるいんだか。

　ふたりに心配をかけてしまったことはわかっている。

　それでも私は、現状を捨てたい。

　私がこくっとうなずくと、ふうっと息を吐いたみーくん。

　なにがなんだかわかっていないパパとママに視線を移すと、みーくんは口を開いた。

「折りいって、お話ししたいことがあります」

　あらたまったみーくんの物言いに、ママは少しびっくりしている。

「なに？　話って……」

「杏奈を、俺に預けていただけないでしょうか」

「え……？」

　目を丸くしたふたりにかまわず、みーくんは話を続ける。

「仮退院の許可が、主治医である兄から出ました。その間、杏奈はうちに……」

「ちょ、ちょっと待って！　そんなの……」

　予想もしていなかったであろう展開に、取りみだすママ。

　反対に、ママの隣まで歩みを進めたパパは、静かにその話を聞いている。

「そんなことが許されるわけないでしょう!?」

　キンキンと高い声が、病室にこだまする。

　やっと光を見つけたの。

ママなんかに、邪魔はさせない。

【私の人生は、私が決めるの。ママたちに、口出しする権利なんてどこにもない】

　はじめてママに反抗したかもしれない。

　今までは、自分の気持ちを閉じこめて、何事もあきらめて過ごしてきた。

　だけどもう、縛られたくない。

　あと少ししか生きられないかもしれないのに……自分の気持ちを殺して、後悔したくないんだよ。

「ダメよ」

　ママの冷たい声が、私の主張を一蹴する。

　その表情からは、怒りさえ見てとれた。

「自分が置かれている状況を理解して言ってるの？　杏奈、あなたは病気を抱えてるのよ？」

　そんなの、ママに言われなくたってわかってるよ。

　わかったうえで、みーくんのそばにいることを望んでいるのに……。

「今回みたいに、倒れてしまうことがあるかもしれない。そしたら、また雅くんに迷惑をかけることになるのよ!?」

　ちゃんと考えてから言いなさい、と矢継ぎ早に言うママの肩に、みーくんの手が乗せられた。

「俺のことは心配いりません。学校以外の時間は、なにがあってもすぐに対処できるよう、極力杏奈のそばにいるようにします」

「娘のために、そこまで言ってくれるのはありがたいんだ

けど……」

「非常識なことを言ってるって、わかってます」

　それでも、と言葉が続けられる。

「杏奈の気持ちを尊重してやってくれませんか」

「雅くん……」

「気持ちを押し殺し続ければ、人はいつか必ず壊れてしまいます。……だから」

　お願いします、とみーくんがふたたび頭をさげた。

　巻きこんでしまっているのに、そこまでしてくれるなんて……。

　だったら私も、感情をぶちまけるんじゃなくて、ちゃんと伝えなきゃいけないね。

　ぎゅっとペンを握り、紙の上に走らせる。

【私の体調とか、いろいろ問題があるのはわかってるつもり。ママの言ってることの方が正しいんだってことも、頭では理解してる】

　でも、私は……。

【限られた時間を、病院っていう閉鎖された空間じゃなく、外の世界で過ごしたいの】

　メモを見たパパとママの目が、大きく見開かれる。

　お願い、伝わって……！

「……許してやってもいいんじゃないか」

　しばらくして、ぎゅっと目を閉じた私の耳に届いたのは、ママでもみーくんでもなく、今この瞬間まで口を閉ざして

いたパパの声だった。

「あなた！」

「病気が発覚してから、杏奈がこんな風に言うのははじめてだろう。その願いを、俺たちが叶えてやれなくてどうする」

　くるりとパパが私に体を向け、目を細める。

「一度言ったら聞かないところは、昔のお前にそっくりじゃないか」

「……っ」

「あんなに小さかった杏奈も、もう17だ。自分のことを自分で考えられる歳になった」

　パパ……。

「杏奈の生きたいように生きていいと、俺は思う」

　思わぬ後押しに、思わず涙が溢れそうになる。

　予想外のパパの言葉に、ママも目を丸くしていたけど、観念したというように小さく息を吐いて、微笑んだ。

「杏奈の気持ちはよくわかったわ……。好きにしなさい」

　ママの言葉がうれしくて、思わずみーくんに顔を向けると、彼もまた同じように私を見ていた。

　これからも一緒にいられる。

　それがなによりも幸せだった。

　……だけど。

　どうしても、"転移"の2文字が脳裏にこびりついて、離れてくれない。

　うれしいのに手放しで喜べないのは、きっとそのせいだ。

１秒先の未来ですら見えないことを、私は知っているから。

　病弱な私は、普通の恋をすることさえ、ままならない。

　それでも願っちゃうんだよ。

　私の心の行く先が、みーくんの笑顔だったらいいのに、って……。

第 2 章

台風到来

【杏奈side】

　定期的に通院して治療を受けることを約束して、正式に
みーくんの家に身を寄せるようになってから、早1ヶ月弱。

　家族との関係は相変わらずだけど、みーくんがたまに連
絡を取って、私の近況を知らせてくれているみたい。

　はじめこそとまどいもあったみーくんとの共同生活に
も、ようやく慣れてきた。

　自覚してしまった恋心は、変わらず胸に秘めている。

　ときどき言ってしまいたくなることはあったけど、そう
思うたびにぐっと口をつぐんだ。

　みーくんが私を女として見ていないことは、痛いくらい
に知っていたから。

　クリスマスイブが翌日に迫った昼さがりのこと。

【みーくん、明日のご予定は？】

　病院でいつもどおり検査を受けてきた私は、学校も冬休
みに入り、ソファで雑誌を読んでいたみーくんの肩を軽く
たたいた。

　すると、みーくんは眉根を寄せる。

「予定って……なんで？」

【お友達とか……彼女さんとかと出かけたりするのかなっ
て。それなら、ご飯は必要ないだろうし】

第2章 >> 91

　ここに来て以来、食事の担当は主に私がしている。

　みーくんはハンバーグが好きで、ピーマンとニンジンが大の苦手なんだって。

　小学生みたいで可愛いよね。

　そういえば、好みを知る前に作ったきんぴら、ニンジンをよけながらだけど、おいしそうに食べてくれたなぁ。

　今度はニンジン抜きで作ろう。

「……べつに、とくに予定はない。彼女もいねえし」

　雑誌に視線を戻し、ぶっきらぼうに答えたみーくん。

　へぇ、今、彼女いないんだ……。

　一緒に過ごしていて、女の人の影を感じることはなかったけど、はっきりとみーくんの口から聞けた事実に、ホッと胸をなでおろす。

　うーん、でも、ご機嫌ななめ？

【誘われたりしなかったの？】

　せっかくのクリスマスを、私なんかと過ごさせるのは申しわけない、という気持ちから出た言葉だった。

　だけど、それを聞いたみーくんは、眉間のシワをさらに深くしてふたたび私に視線を向ける。

「なんで出かけるんだよ。今年は杏奈がいるだろ」

　気難しそうな顔が、しだいに赤く染まっていく。

　それに負けないくらい、私もまっ赤になっているはずだ。

　恋人でもなんでもない私たちだけど、みーくんが私を大切にしてくれていることは、日常の端々から伝わってくる。

　体調が優れないと必ず気づいてくれるし、予定がないと

きは、病院に一緒に行ってくれた。

　まぁ、みーくんは診察には付きそわず、近くのカフェで時間をつぶしているみたいだったけど。

　たとえ妹のような存在だったとしても、その気遣いがうれしかった。

「……言わせんなよ」

　好きだなぁって、こういうときによく思う。

　いつもは余裕しゃくしゃくなくせに、こんな風に照れるなんて、反則だ。

【うれしい。ありがとう】

　こぼれる笑顔を抑えられず、目もとをゆるめる私に、みーくんははずかしそうにしながら口を尖らせた。

【ご飯、がんばって作るね。なにかリクエストはある？】

「じゃあ……」

　——ピーンポーン……。

　みーくんの言葉を遮るように、室内に響きわたったインターホンの音。

「……誰だ？」

　持っていた雑誌を無造作に置き、みーくんは立ちあがった。

「げ」

　廊下に繋がる扉の横にあるモニターを確認し、心底嫌そうな声を出したみーくん。

　ここからだと、みーくんの体で隠れてそこに映る人物が誰だかはわからないけど、彼は対応することをためらって

いるように見えた。

　そうこうしているうちに、ふたたびチャイムの音が鳴る。

「……はぁ」

　深いため息をついたみーくんは、観念したのか、モニターのボタンを押した。

「……はい」

『おっそーい!!』

　キーン、と高く澄んだ声が、間髪いれずにモニターのスピーカーから飛んでくる。

　な、なに!?

『いつまで待たせんのよー!　凍えちゃうじゃない!』

「……なにしに来たんだよ」

『べつに、なんでもいいでしょ!　入れなさいよ』

「こっちの都合は相変わらず無視かよ!」

　あ、めずらしい。

　みーくんが圧されてる。

『なによ。この前の恩、忘れたの?』

　諭すような女の人の言葉に、みーくんは出かかっていた言葉をのみこんだ。

　すっかりみーくんを黙らせてしまうほどの恩って、いったいなんだろう……。

「……とりあえず、あがってきて。話はそれから」

　エントランスのロックを開けたみーくんは、げんなりした顔で振り返った。

「悪い、杏奈。もうすぐ、すっげぇうるさいのが来る」

うん、騒々しいのは今の一瞬で悟りました。

彼女とかそういうのじゃないことも、なんとなくわかったよ。

さっき、彼女はいないって言ってたしね。

「嫌だったら、自分の部屋に戻っていいからな」

気遣いはありがたかったけど、私は首を横に振った。

【大丈夫だよ。迷惑じゃなかったら、ここにいさせて】

「迷惑なわけねぇだろ」

みーくんは私の髪をくしゃっとなでて、優しく微笑む。

君はいつだって、私の存在を肯定してくれるね。

──ピーンポーン……。

再度その音がしたとき、みーくんがあからさまに嫌な顔をした。

「追い返してくる……」

なんて言って、玄関に向かったみーくんだけど、さっきの様子を見る限り、追い返すのは難しいんじゃないかなぁ。

玄関が開く音がし、私の肩にも力が入る。

次に聞こえたのは、スピーカーごしに聞くよりも少しだけ高い声。

「ったく、久しぶりにしては歓迎が手荒いんじゃない？」

「この前会っただろ！　突然押しかけてくるの、なんとかしろよ」

みーくんの口調が、みーくんらしくない。

いつもとはまたちがった話し方。

「べつに、いいじゃん。どうせひとりでしょ？」

第2章 ▶▶ 95

「ひとりじゃねぇからこんなに嫌がってんだよ、バカ」

「なに？　新しい女でもいるの？」

「……べつに、そんなんじゃねぇよ」

　お？

　めずらしく、会話の主導権がみーくんじゃない。

「ならいいじゃない。もともと、私が住むはずのマンショ
ンだったんだし」

「なにをどう考えたらその発想に行きつくのか、まったく
わかんねぇ」

　親しい、のかな……？

　嫌がってはいるものの、みーくんの物言いは、遠慮のな
い関係だからこそのものだと思う。

「あれ？　……それ、女物のパンプスじゃない」

「あ……」

「ぬかったわね。やっぱり彼女なの？」

「ちがうって言ってんだろ」

　どうやら、この前買ってもらった赤いローファーパンプ
スが見つかっちゃったみたい。

　ごめん、みーくん。

「ったく……。杏奈、おいで」

　名前を呼ばれ、ゆっくりと玄関へと繋がる扉を開ける。

　そこで、ようやくみーくんが手を焼いている人物の姿を
確認することができた。

　わ、綺麗な人……。

　丁寧に巻かれたアッシュグレーの長い髪に、大きな瞳。

歳は万里ちゃんと同じくらいかな。

万里ちゃんとは別のタイプの美人さんだ。

おそるおそるみーくんの隣まで行くと、彼女はびっくりしたように私を見た。

「え、すごい清楚じゃん。雅とは大ちがい」

「うっせーよ。……杏奈、紹介する。俺のイトコの藪内遥香」

「遥香です。よろしくね、杏奈ちゃん」

仲よさそうだなぁとは思ってたけど、イトコだったんだ。

遥香さんは、ネイビーのネイルが施された手を私に差し出した。

震える手で、そっと自分の手を重ねる。

「あがれよ」

私たちのやり取りを見ていたみーくんが、ガシガシと頭をかく。

「あら、さっきまではあんなに嫌がってたのに」

「寒いんだよ！　嫌ならべつに入らなくていいぞ」

「入るわよ」

遙香さんは履いていたハイヒールを脱ぎちらかし、廊下を歩いていく。

その様子に効果音をつけるとしたら、"ドスドス"が一番合っている気がする。

「あいつ、ほんとに相変わらずだな」

ブツブツと小言を言いながら、遥香さんのハイヒールをそろえるみーくん。

ふふ、振り回されるみーくんも新鮮でいいね。

　私の前を歩いていたみーくんは、リビングの扉を開くなり長く息を吐いた。

「人んちのソファに寝転ぶな！」

「なによ、うるさいわねー」

　ひょっこりと、みーくんのうしろからのぞきこむと……あらら、ほんとに寝転がってる。

　それも、持っていたブランド物のカバンをぽいっと床に転がして。

　遥香さんって、なんか……台風みたいな人だ。

「雅、コーヒーいれて」

「…………」

　みーくんはあきらめた様子で、なにも言わずにキッチンへと向かっていく。

　えーっと、この場合、私はどうしたら……。

「杏奈ちゃんってさ、ほんとに雅の彼女じゃないの？」

　ふいに投げかけられた質問に、扉付近で立ちつくしていた私はあわてて首を振った。

　続けて、パーカーのポケットに入れていたスマホを取り出して文字を打つ。

　みーくんからスマホをもらってからというもの、私の意思を伝える手段はメモではなくなった。

【私はただ、ここに住まわせてもらってるだけです】

「……なんだ、ほんとにちがうんだ」

「何度もちがうって言ったろ」

カウンターごしに、みーくんのため息まじりの声が室内に響く。

「てっきり、はずかしがってんのかと。ていうか杏奈ちゃん、なんでスマホで……」

「遥香。デリカシーがないにもほどがあるぞ」

　今日一番の強い口調。

　こんなとき、みーくんに守られてるって実感する。

　だから、一歩を踏み出すことも、怖くなんてないの。

【1年前に受けた手術のあと、声が出なくなったんです。声帯を取ったわけではなかったんですけど】

　画面を見て、目を丸くした遥香さん。

　だけど、次の瞬間その口から出てきたのは、あまりにも意外な言葉だった。

「がんばれば声、取りもどせるんじゃない？」

　遥香さんは、あっけらかんと、なんでもないことのように言いのけた。

「……おい、遥香」

「私、医者じゃないからよくわかんないけどさ。声帯が残ってるなら、声が出ないのはメンタルの問題なんじゃないかな」

「遥香！」

　湯気が立つマグカップを勢いよくテーブルに置いたみーくんを見て、遥香さんは口角をあげる。

「びっくり。あんたがそんなに熱くなるなんてね」

「…………」

「ま、素人の私がとやかく言うことじゃないわね。ごめんね、杏奈ちゃん」

　眉をハの字にして、手を合わせる遥香さん。

　私のことを思って言ってくれたんだってわかるから、全然気にならないのに。

　いい人なんだなぁ。

　でも……遥香さんが言ったことには、驚いた。

　声が出るかもしれないなんて、考えたこともなかったから。

　手術のあと、何度も声を出そうとがんばったけど、全部無意味だった。

　それがつらくて、最近では声を出そうとすら思わなくなってしまっていたんだ。

「ま、私にできることがあったら、なんでも言ってよ」

【ありがとうございます】

　深々と頭をさげる私を見て、遥香さんは笑った。

「タメ口でいいのに。呼び方だって、遥香でいいし。歳もさほど変わらないんだから」

【じゃあ、お言葉に甘えて。遥香ちゃんって呼ばせてもらうね】

「さほど変わらないって、杏奈とじゃひと回りもちがうだろ」

「雅、うるさい」

　ってことは、遥香ちゃんって29歳？

　み、見えない……。

「あーあ、もう今日はここに泊まってこっかなー」

「はぁ!? お前、仕事は? つーか、良介さんはどうしたんだよ!?」

　良介さんって誰だろ……。

　話についていけず、私はふたりの様子を眺める。

「良介は出張。しかも昨日から５日間！ クリスマスよ? こんなに美人な嫁を置いて、ありえなくない? もうね、頭に来て、仕事放置して家出してきてやったの」

「……だからって、なんで来るのがうちなんだよ」

　コーヒーをすすりながら、みーくんはあきれた目で遥香ちゃんを見る。

　すると彼女は、ふっと顔から感情を消した。

「ここなら、藪内の人間は誰も来ないでしょう?」

　ふたりの間に瞬時に流れた、重苦しい沈黙。

　この空気……藪内先生とみーくんが話すときと同じだ。

「……そうだな」

　遥香ちゃんはそれ以上はなにも言わず、マグカップをあおった。

【遥香ちゃんは仕事、なにしてるの?】

　この空気が嫌で、とっさに話題を変える。

「ヤブウチ製菓の役員」

　それに答えたのは遥香ちゃんではなく、隣にいたみーくんだった。

　私は驚きのあまり、固まってしまう。

　ヤブウチ製菓といえば、商品のＣＭが毎日のように流れ

るような大手お菓子メーカー。

　若くしてそんな大企業の役員って、いったい何者……!?

「創業者が私の父でね。ゆくゆくは私が引き継ぐことになってるから、勉強も兼ねてそういう立場なの。コネって言えばそれまでだけど」

「よく言うよ。お前が入社してから、業績伸びたろ」

「まぁ、そこは否定しない」

　別世界の会話が、目の前で繰りひろげられている。

　病気になる前はしょっちゅう食べていたお菓子なんかを、遥香ちゃんが手がけていたかもしれないってことでしょ?

　平々凡々な家庭で育った私は、みーくんと出会わなければ知り合うこともなかった人なんだろうな。

　そういうみーくんだって、大病院の院長の息子さんだ。

　ときどき感じる、距離の遠さ。

　住む世界がちがうことを、嫌ってほど突きつけられる。

「今日はとことん飲むわよー。お酒調達しにいかなきゃ」

「泊まるのは、もう決定事項か」

「だって、帰ったって誰もいないんだもん。ほら、行くよ」

　遥香ちゃんに促され、みーくんも気だるそうに立ちあがる。

　そんなふたりのそばで、私は床に座ったまま動けずにいた。

　私って、本当にみーくんのことをなにも知らない。

　知っているのは、ここに住みはじめるようになったきっ

かけくらいだ。

みーくんはあのとき、がんばることがバカらしくなって、髪を金色にしてピアスをあけたって言ってた。

どうして、がんばることが嫌になったんだろう。

私につらい過去があるように、みーくんにもあるのかな。

だから、時折ものすごく悲しそうな顔をするのかな。

やっぱり私、みーくんのことをもっと知りたいよ。

笑って、泣いて、怒って、困って、また笑って。

そんなありふれた日常を、君と築いていきたい。

そのためには、体当たりででも、向き合うことがきっと大事。

わがままでごめんね。

それでも私は、みーくんの過去を知りたいよ。

突っ立ったままの私の顔を、みーくんが心配そうにのぞきこむ。

「杏奈？　どうした？」

【私、行かない】

顔をあげて、みーくんの腕をつかんだ。

【みーくんのこと、ちゃんと知りたいの】

茶色い瞳が揺れる。

動揺しているのは歴然だ。

【このまま、なにも知らずに過ごすのは嫌だよ】

みーくんが話してくれるまで待つなんて、そんなの綺麗事。

本当はずっと、みーくんのすべてを知りたかった。

第2章 ≫ 103

　私のすべてを知ってほしかった。

　ただそれだけだったのに、どうして今まで言えなかったんだろう。

「……遥香。悪いけど、買い物はひとりで行ってきて」

「それはいいけど……」

　不安げな遥香ちゃんの視線がみーくんに送られる。

　それを感じてか、彼は目を細めて切なく笑った。

「大丈夫、心配いらねぇよ」

「でも……」

「杏奈になら、落ちついて話せると思うんだ。だから……大丈夫」

　遥香ちゃんに向けられているはずの言葉は、みーくん自身に言いきかせているように聞こえた。

「……わかったわ。行ってくる」

　最後まで不安そうにしながら、遥香ちゃんは部屋をあとにした。

　玄関の扉が閉まった音がしたのとほぼ同時に、みーくんが私に向きなおる。

　その目は、悲しいくらいに優しい。

「ごめんな。今まで、なにも話さなくて」

　私の頭に乗せられた手のひらは、かすかに震えていた。

　ねぇみーくん、おびえなくていいよ。

　私、ここにいるから。

　もう逃げないって誓うから。

　どうか君も受けとめて。

未来を歩んでいくために。

　一度深呼吸をしたみーくんは、ぽつぽつと言葉をこぼすように、ゆっくりと話しはじめた。

　すべてを懸けてでも、叶えたい夢があったこと。

　それが、最悪の形で終わりを迎えたこと。

　そして、過去に犯した、一生許されないと思うほどの過ちのことを。

罪と罰

【雅side】

　本当は、過去を杏奈に話す必要なんてないと思ってた。

　あんな重い過去を打ちあけてどうする。

　こんな記憶の断片を共有したって、さらに君を苦しめる
だけ。

　杏奈が暗闇の中で苦しんでることを知ってたから、なお
さら言えなかった。

　だけど、杏奈は強かった。

　俺が思ってるより、ずっと強かった。

　だから思ったんだ。

　あぁ、寄りかかってもいいんだな、って。

　決心を固めた俺は、心の奥に閉じこめていた記憶の扉を
開けた。

　病院の次期院長だったうちの親父は、"父親"という肩
書きだけで、昔から家族のためになにかをしたことがな
かった。

　休みの日に家族サービスをすることも、クリスマスに俺
たち兄弟のためにサンタになることも。

　交わす会話はいつも、"テストの点はどうだった"、"先
生に嫌われるんじゃないぞ"って、そんなことばかり。

　父親はそんなだったけど、母親は……母さんは、俺と兄

貴との時間を大切にしてくれた。

　風邪を引くと、寝る間を惜しんで看病してくれたり、本を読んでくれたり、おやつを作ってくれたり。

　親父からの愛はなくても、母さんからの愛さえあればいい。そう思っていた。

　親父と母さんはいわゆる政略結婚というやつで、けして望んだ結婚じゃなかったと聞いた。

　俺たちは親父にとって、必要のない存在だったのだろう。

『かあさーん！　今日、学校で表彰されたんだよー！』

『雅、まずは"ただいま"でしょう？』

『あっ、忘れてた！　ただいま！』

　たしかこれは、俺が小学1年生だったとき。

　9つ歳の離れた兄貴は、高校1年生だった。

　ランドセルを床におろし、中から少し折れまがってしまった賞状と絵を取り出して母さんに渡した。

『絵画コンクールね。すごいじゃない。うまく描けていたものね』

『うん！　ね、兄ちゃんは……』

　俺の言葉を遮るかのように、玄関の方からドタドタという足音が聞こえてきた。

　あまりに騒々しいので母さんと顔を見合わせていると、勢いよくリビングの扉が開かれた。

『母さん！　雅の絵がさぁ！』

『彰、"ただいま"が先でしょ？』

『あ。ただいま』

『雅と同じことしてるじゃない』

　母さんはクスクスと笑う。

　兄貴と俺は、その笑顔がなによりも好きだった。

『なんだ、雅も帰ってたのか』

『うん、今さっき』

『お前の絵が賞を獲ったって、友達が教えてくれたよ』

『えー。兄ちゃんをびっくりさせようと思ってたのに』

『はは、残念だったな』

　不満げに唇を尖らす俺の頭をぐりぐりとなでる兄貴は、勉強もスポーツもできる。

　俺の自慢であり、憧れだった。

『でもほんと、素敵な絵ね』

　大きな目を細めて、愛おしそうに絵を眺める。

　絵描きさんみたいに上手ね、なんて母さんは言ったけど、その口から"画家になれる"という言葉が出てくることは、一度もなかった。

　俺たち兄弟が進むべき道は、もう決まっていたから。

　大人が敷いたレールの上を、ただひたすら歩く。

　こっちだよ、と誘導されながら。

　まちがいなんて、なくて当たり前。

　俺たちは、いつも完璧を求められた。

　藪内は大きな家で、親戚は会社を経営したり、とにかくいろんなことをしている。

　イトコの遥香がいずれヤブウチ製菓の頂点に立つこと

は、彼女が生まれる前から決まっていた。

そしてそれは、うちも例外ではない。

医者になって、病院を継ぐ。

遥香とのちがいがあるとすれば、"彰"か"雅"か、選択肢がふたつあるということ。

俺は、そんな息苦しい世界にいるのが嫌だった。

いつか、母さんと兄貴と3人で家を出てやる。

幼いながらに、そう思っていた。

『おはよう、雅くん』

『おはよう』

朝、小学校までの通学路で何人かのクラスメートに会い、あいさつを交わす。

『おはようございます、先生』

『あぁ。おはよう、藪内くん』

正門に立って生徒にあいさつをする先生は、俺を見た瞬間、他とはちがう態度を取る。

みんな、俺が"藪内"だから。

権力を持つ俺の家系が怖いから、息子である俺の機嫌を損ねまいと必死に取りつくろう。

家の力を使って誰かを不幸にしようだなんて、少しも思ったことはなかったのに。

特別扱いは、生徒たちの中でも同じだった。

『藪内くん、黒板見える？』

『給食のゼリー、いる？』

『俺たちにできることがあれば、なんでも言ってくれよ』

　みんな、遠巻きに俺を見た。

　大人の特別扱いは、子供を孤立させる。

　俺だって、本当は同級生と遊んだり、笑い合ったりしたかったんだ。

　それでも、素直な気持ちを口にできなかったのは、やっぱり親父が怖かったからだろうか。

　その年のある冬の日。

　広い家の廊下を駆けぬけて母さんの部屋に入ると、ベッドのそばに座りこむ母さんがいた。

『母さん!?　どうしたの!?』

『少し、めまいがしただけよ。心配しないで』

　よろよろと起きあがった母さんは、顔面蒼白のまま、弱々しく笑ってみせた。

　苦しそうに笑顔を見せる母さんが嫌いだった。

　どうして無理に笑うんだ。

　子供の前でくらい、本当の自分でいろよ。

　このままだと、いつか母さんは本当に倒れてしまう。

　望んだ結婚ではなかったけど、けして弱音を吐かず、人を憎まなかった母さんは、藪内の方の身内にも慕われていた。

　どうせなら、母さんも元から藪内の人間だったらよかったのに、と何度思ったことだろう。

　そしたら、母さんと親父が一緒になることなんてなかっ

たのに。

　俺たち兄弟どころか、自分の妻すら大切にしない親父が、嫌だった。

　憎くてたまらなかった。

『今日はお父さん帰ってくるから、ちゃんとしてるのよ？』

『…………』

『雅、返事は？』

『……はい』

　母さんは、本当に汚れを知らないよな。

　人を疑わないよな。

　今日はって、なんだよ。

　親父、いつもはなにしてるんだよ……。

『彰にも伝えておいてね』

『……うん』

　口をついて出てきそうになる言葉を、ぐっとのみこんだ。

　うつむく俺の頭を、母さんの優しい手がなでる。

『雅は……私みたいにならないでね』

『なに言って……』

『本当の自分を隠した生き方は、苦しいだけだから』

　体調が悪いせいか、いつもなら絶対に言わないようなことを口にした母さん。

　このときの言葉にどんな意味が隠されていたかなんて、幼い俺には、わかるはずもなかった。

　でも本当は、無理にでも理解してあげるべきだったんだ。

　母さんの心は、遠い昔から悲鳴をあげていたのだから。

眠りについた母さんの部屋を出てリビングに戻ると、お手伝いとして我が家に出入りしている七尾さんがいた。

『雅ぼっちゃん。奥様の体調はいかがですか？』

『うーん、あんまりよくないみたいだ。お粥作ってあげてほしいんだけど』

『わかりました』

　冷蔵庫を開けて食材を確認する七尾さんの背中に、言葉を投げかける。

『父さん、何時頃帰ってくるか、知ってる？』

『そのことでしたら、さっき旦那様から連絡がありまして。急な会合が入ったため、本日はお帰りにならられないそうです』

　七尾さんにとっては、あくまでも業務連絡。

　だけど幼かった俺にとって、そうはいかなかった。

　……なんで、俺の父親はあいつなんだろう。

　愛を注ぐどころか、母さんがこんなときでも、家に帰ってすらこない。

『雅ぼっちゃん!?』

　めずらしく大きな声を出した七尾さんの制止も聞かず、俺は冷たい雨が降る冬の街へと駆けだした。

　前に姿を見たのは、いつだったか。

　いつも、病院の近くに買ったマンションで寝泊まりしているあいつを見たのは。

『うあああああっ！』

　雨と涙で視界がぼやける中、たどり着いたのは人気のな

い河川敷。

　親父は、どうして大切にできない？

　俺たち家族を。

　体の弱い母さんを。

　どうして愛せないんだよ。

　それは、小学生だった俺にとって、難しすぎる疑問だった。

　愛ってなんだ？

　家族ってなんだ？

　これじゃ、他人と同じじゃないか。

　裕福な暮らしは望まない。

　平凡でいいから、愛で溢れた家庭に生まれたかった。

　できることなら、兄貴と母さんと……幸せな家庭を築きたかったよ。

『寒……』

　降り続いていた雨は、しだいに雪へと変わっていった。

『雅！』

　聞きなれた声が背後から聞こえ、俺の周りの雪がやむ。

　声のする方へ顔を向けると、息を切らせた兄貴が立っていた。

『に、兄ちゃ……』

『寒かっただろ!?　これ着ろ！』

　兄貴が、着ていたコートを俺の肩にかけ、しんしんと降る雪を傘で防いでくれていた。

　朦朧とする意識の中、俺は兄貴に問いかけた。

『父さんにとって、俺たちはいらない存在なのかな？』

　兄貴は黙ったまま、なにも答えなかった。

『俺……母さんと兄ちゃんがいればそれでいい。……父さんなんかいらない。あんなヤツ、大嫌いだ……！』

　頬に一筋の涙が伝う。

　それは重力のまま、地面に消えていった。

『いつかあんな家なんて捨てて、３人で暮らしたい』

『……それができたらいいな』

『うん……』

『雅、もう帰ろう。母さんが心配してる』

　兄貴の冷えきった手に引かれ、母さんの待つ家へ帰った。

　月日は流れ、俺は中学２年生になった。

　私立の中学に入学して、少しだけ大人になった俺は、親父の前で“いい息子”を演じるようになっていた。

　親父の言動に腹を立て、そのたびに傷つくことは、無意味だと気づいたから。

　成績もよく、友人関係もうまくいっていたと思う。

　ブレザーだった制服はきっちり着てたし、髪だって地毛の黒色のまま。

　先生からの信頼も、日々の努力で勝ちとった。

　ただ……それに比例するように、家族の関係はさらに溝を深めていた。

　23歳になった兄貴が、どこの大学の何学部に通っていたのかも知らない。

成長とともに、それぞれが忙しくなった。

　喜びや悲しみを分かち合うことが減った。

　とくになにかがあったわけではなかったけど、その失われた時間は俺たちの間に、いつしか大きな壁を作っていた。

　俺たち3人が一緒に過ごす時間は、完全に消えていたんだ。

　それでも、俺はまだ信じていた。

　母さんのことも、兄貴のことも。

　いつか一緒に、あの家を出ることができるんだと。

『K医科大学付属の高校を受験しなさい』

　家に帰った俺を玄関で待ち受けていたのは、めずらしく帰宅していた親父だった。

　突然の言葉に、眉をひそめる。

『……急に、どうしたんですか』

　カバンを持っていた手に力が入る。

　嫌な汗も流れた。

『お前は、彰より勉強ができるみたいだからな。跡取りはお前にしようと思ってる』

　……なに言ってんだ、この男は。

　カッと頭に血がのぼる。

『俺は病院を継ぐなんて一言も……』

『お前と彰の道は、決まっている』

『でも……！』

　声を荒らげた俺を、親父は冷たい目で制止した。

　これが、実の息子に向ける視線かよ。

『頭はよくても、物わかりが悪いのか。彰はすぐに聞きいれたぞ』

　ため息まじりに発した親父の言葉を、すぐに理解することができなかった。

　聞きいれたって、なにを？

『……父さん。兄さんは、大学では何学部に通っていたんですか……？』

　過去形で尋ねたのは、最後の希望を抱いていたから。

　6年間通う必要のある医学部ではなく、すでに他の学部を卒業して、働いていることを望んだから。

　だけど……。

『そんなの決まってるだろう』

　信じたくなかった。

　夢であればよかったのに。

"医学部"

　それが聞きまちがいならよかったのに。

　どうして。

　兄貴も親父が嫌だったんじゃなかったのか。

　兄貴は、俺を裏切ったのか？

　いろんな考えが頭の中を渦巻いては、消えていく。

『俺は……医者にはなりません』

　こらえていた気持ちが、堰が切れたように溢れた。

　表情を険しくする親父の顔が、にじんで見えなくなってくる。

『身近な家族さえ守れないような男に、俺はなりたくなん

てない！』

　立ち往生していた親父を押しのけ、母さんの部屋まで走る。

　ただ、安心したかった。

　久しぶりに母さんの笑顔を見て、この選択はまちがいじゃないんだって。

『母さん！』

　だけど、勢いよく開けた扉の先に母さんの姿はなく、かわりに目についたのは、木製の机の上に無造作に置かれていた、白い封筒だった。

　吸いよせられるかのように、それを手にする。

　封は開いていた。

　少しの罪悪感を抱えながらも、封筒から便箋を取り出す。

　達筆な字でそこに書かれていたのは、目を疑うような事実だった。

美雪へ
_____

急に手紙なんて書いてごめん。びっくりしたよな。
家族にバレてはいけないし、それは俺も同じなんだけど、
付き合ってた学生時代を思い出して、書きたくなったんだ。
この間、美雪とふたたび会うようになったのはいつから
だったっけ、って思い返してみたんだ。
計算したら、もう６年だよ。時の流れは早いなぁ。
嫁と話をしていても、美雪を思い出してしまうんだ。

彼女が美雪だったら、って。

もし美雪が普通の家庭に生まれてたら、今頃俺たちは一緒
だったのかな。

政略結婚なんかさせたくなかった。

本当は連れ去りたかった。

それでも、美雪が幸せなら、って思ってた。

けど、6年前に偶然再会したとき、お前は作り笑いばかり
を浮かべてたよな。

俺、思ったんだ。美雪は今、幸せなんかじゃないって。

抱きしめてキスをしたら、付き合っていた頃と同じ笑顔で
笑ってくれたよな。

俺、本当にうれしかったんだ。

たとえ今の関係が不倫で、夫婦になれなくても、俺は幸せ
だ。

君のそばにいて、君に触れられて、抱きしめ合えることが
こんなにも幸せなことだなんて、思わなかった。

君に出会えて、よかった。ありがとう

　最後の字までたどるのと同時に、目の前がまっ暗になっ
た。

　なんだよ、これ……。

"不倫"

"6年"

　簡単な単語すら、うまく頭に入ってこない。

　そのとき、背後の扉が外から開かれた。

『あら、雅。おかえりなさい』

　ゆっくりと振り向いた俺の顔は、どれほど絶望の色に染まっていただろう。

『かあ、さ……』

『なにして……っ！』

　おだやかだったはずの母さんの顔は、俺が手にしていた手紙を見るなり、一瞬にして血の気を失った。

『勝手に見るんじゃありません！』

　あわてて俺から手紙を奪いとったけど、もうあとの祭りだよ。

『なんだよ。なんなんだよ！　なんで昔から俺ばっかり！』

　こんなに苦しいなら、俺なんて生まれなきゃよかったのに。

　特注で作られた黄緑色のカーペットに、涙のシミができる。

　こんなもの、いらない。

　金だって地位だって、名誉だって。

　俺はただ、愛されたかった。

　家族みんなで食卓を囲んで、休みの日には全員がそろって出かけるような、そんなありふれた日々が欲しかった。

　偽りだらけの家なんて、欲しくなんかねぇんだよ。

『雅、ちがうの！』

　俺の肩をつかんで必死に訴える母さんの言葉は、心に届かない。

『なにがちがうんだよ！　まぎれもない証拠だろ!?　今さ

ら、なにを言い訳するんだよ!?』

『雅っ』

『うるさい！　……この家で泣いたことも笑ったことも、なかったことにする。今ここに、全部捨ててやる……！』

　すがるように泣く母さんを突きとばし、家を飛び出す。

　しばらくして、ポケットに入れていたスマホから電話をかけたのは、中学でできた親友、隆弘だった。

　2コール目でタカは応答した。

≪雅か？　どうしたん？≫

『……今から、家行っていいか？』

　俺の様子がおかしいことに気づいていたんだろうけど、タカはなにも聞かないでいてくれた。

≪ええよ。コーラの消費、手伝ってくれるならな≫

『はは。任せろ』

　駅前のドラッグストアと、女子中学生や女子高生なんかが好むような店に立ちよってから、ふた駅先にあるタカの家へと向かった。

『よ、さっきぶり』

『うん』

　大きな門の前で、負けないくらい大きく笑うタカが俺を出迎えてくれる。

　その笑顔に、やっと息をつくことができた。

『ま、入れよ。どうせ、今日も親遅いし』

　タカの親はふたりとも弁護士で、頻繁に家を空ける。

俺たちが仲よくなったのは、そういう共通点があったからなのかもしれない。

『で、なんなん？　その袋』

　関西弁を話すタカが長い廊下を歩きながら指さしたのは、なんの変哲もないビニール袋。

『見たい？』

　薄笑いを浮かべた俺に、タカが乗らないはずがなかった。

　タカの部屋で腰をおろして、袋を差し出す。

　中身を確認したタカは、目を丸くして俺を見た。

『ええ子を演じとったんちゃうかったっけ』

『もう、なにもかもバカらしくなった』

　情けない言葉を口にして、力なく笑うことしかできない。

　心配そうな視線を向けるタカのもとから袋を引きよせ、中からヘアカラー剤とピアッサーを取り出した。

『悪いんだけど、手伝ってほしいんだ。自分でちゃんと染められる自信ないし』

　これは、もう二度と大人が敷いたレールの上には戻らないという、俺なりの反抗。

『なんでヘアカラー、２色もあるん』

　タカが、パッケージのちがうふたつの箱を見ながら尋ねてくる。

　色は、金と茶だ。

『どっちが似合うかわかんなかったからさ。お前に決めてもらおうと思って』

　どっちがいい？と、いきなり選択を求める俺をよそに、

タカはなにかを考える素振りを見せる。

そして次の瞬間、とんでもないことを言ってのけた。

『よし、決めた。俺もやるわ』

『……は？』

いやいやいや、ちょっと待て。

お前、なに言ってるかわかってんのか？

どうやら心の声は全部漏れていたらしく、タカは肩をすくめて笑った。

『どうせ、どっちかは使わんやろ？　俺が使ったって問題ないやん』

『それはそうだけど……』

歯切れの悪い俺のおでこを、軽く弾く。

『ひとりよりふたりやろ！　俺だって、親の言いなりには飽きてたとこや』

たぶん、タカは知らない。

このときの言葉に、俺がどれだけ救われたか。

親友がいる。

ただそれだけで、心は少しだけ明るくなれる。

夢なんか、もういらない。

大切な人なんて、もういらない。

どんな毎日でもいい。

いいかげんでも、なんでもいい。

このバカみたいな日々を、大切に生きようとは思えなかった。

結局、俺は金色を、タカは茶色を選んだ。

両耳用にふたつ買ったピアッサーで、俺たちは片耳ずつ穴をあけた。

　すっかり様変わりした姿で向かい合った俺たちは、いたずらを成功させたあとの悪ガキのように笑った。

　翌日、俺たちを待ち受けていたのは、周りの大人が落とす雷だった。

　タカの両親、学校の教師たち。

　昨日までは普通に話していたクラスメートたちも、俺たちを遠巻きに見た。

　恐怖と好奇が混じった視線を浴び続けることは、正直、居心地が悪かったけど、親友がいるからなにも怖くなかった。

　14歳だった俺は、自分の人生に見切りをつけた。

　このまま堕ちていくんだろう。

　まっ当に生きる選択肢なんて、どこにも残されてないんだから、と。

　けど、今思えば、まだ戻れたんだ。

　まだ、やりなおせた。

　意地を張って、本当に戻れなくなったのは、春の訪れを告げる暖かい日のことだった。

　門のオートロックを開け、敷地内に足を踏みいれる。

　相変わらず空いたままのガレージ。

　庭に咲きみだれる、色とりどりの花。

　俺が出ていってから、なにひとつ変わってない。

玄関のロックを開けて中に入ると、家の中は静まり返っていた。

靴を脱ぎすてて、目当ての物がありそうな親父の書斎へと向かう。

早くしないと。

誰かと鉢合わせる前に見つけださないと。

焦燥に駆られながら、書斎の机の引き出しを次々に開けていく。

探しているのは、不必要なときは親父が管理していると、いつか母さんが言っていた保険証。

どうしても入り用になってしまったので、誰もいなさそうな時間を見はからって帰ってきた。

どこだ？　どこにあるんだよ。

なかなか見つからなくて、いらだちを覚えはじめた瞬間、扉がガチャッという音を立てて開いた。

一瞬にして心臓が凍りつく。

『誰だ、お前は。そんなところでなにをしてるんだ』

髪を金色に染めた俺のうしろ姿だけでは、自分の息子だと判断できなかったらしい。

普通の家族だったら、それくらいすぐにわかんのかな。

『……普通じゃねーんだよな、やっぱり』

金色の髪を揺らして振り向くと、親父が眼鏡ごしに目を見開いた。

『なっ、なんなんだ、その頭は！』

ここまで顔をまっ赤にして感情をあらわにする親父を、

俺はいまだかつて見たことがなかった。

　だけど、それはお互いさま。

『うるせぇな。なにをどうしようが、俺の勝手だろ』

『なっ……誰に向かって言ってるんだ！』

『父親だなんて、思ったことねぇよ』

　毎日家に帰らず、どこをほっつき歩いてるかもわからなかった。

　そんなあんたを、父親と思ったことなんてない。

『いいかげんにしろ。お前は藪内の名に傷をつける気か』

『……わかんねぇよ』

　声が震えないように、うつむいて唇を強く噛んだ。

『親父にとって、この家はなに？　存在意義は？　俺たちのいる意味は？』

　少なくとも、俺にとってこの家は居場所だった。

　いつか、ここから羽ばたけると信じてた。

『くだらない質問だな、それは』

　親父の冷たい声が、渇いた心に突き刺さる。

『そんなことを言ってる暇があるなら、勉強したらどうだ？　これ以上、評判を悪くするな。どうせ、教師たちにも怒られてるんだろ』

　ダメだ。

　心の底からそう思った。

　この男には、なにを言っても響かない。

　口をついて出そうになる言葉たちをのみこみ、フローリングに膝と頭をつける。

『……なんの真似だ』

『お願いします。俺に、ひとりで住む場所を与えてください。ここにいてもなにも変わらない。溝が深まるだけです』

『ちょうどいいな。今のお前を家に置いておくのは厄介だ』

『じゃあ……！』

　がばっと顔をあげた俺を、親父は感情のない目で見おろしていた。

『カンちがいするな。お前はもう、この家にいらないと言ってるんだ』

　それが答えなんだな。

　存在意義……そんなものない。

　俺たちがいる意味なんかない。

　そういうことだろ？

『安心しろ。住む家と、最低限の生活費は与えてやる』

　それは優しさから来る言葉ではなく、単に世間体を気にしているからなんだろうということは、容易に想像できた。

『……住むところは、そっちで決めるんですよね』

『だったらなんだ』

『……いえ。なにか決まったら、また連絡してください』

　逃げるように書斎を飛び出す。

　振り向く勇気はなかった。

　本当は、少しだけ期待していたのかもしれない。

　俺たち家族が必要だと言ってくれることを。

　バカだなぁ、俺。

　そんなこと、あるはずないのに。

階段を勢いよく駆けおりる途中、弱々しい声で名前を呼ばれ、思わず足を止める。

　その姿を確認しなくても、誰かわかってしまう自分が憎い。

『み、雅……』

　おびえた様子で姿を現した母さんは、もともと細身だったのに加えて、さらに痩せたように見えた。

『その頭……』

『今さら、母親面すんじゃねぇぞ』

『……っ』

　やっぱり許せない。

　裏切ってたこと、親父よりひどいよ。

　でも、幼かった俺たちに注いでくれた愛は、本物だと信じたいから。

『俺、あの頃はすっげぇ楽しかった』

『嫌……行かないで……っ』

『ずっと夢見てた。3人でこの世界から出てくること。けど、もう誰も頼れないから。俺はひとりで生きていくよ』

　そのために、ひとり暮らしを望んだ。

　この世で一番憎い人間に頭をさげた。

『母さん、元気で』

　背中に母さんの泣き声を聞きながら、今度こそ本当に家を出た。

　数日後、タカの家に戻った俺のスマホが震えた。

ディスプレイに表示されたのは、【親父】という２文字。

　呼吸を整えてから、電話に出る。

『はい』

≪お前の住む先が決まった。イトコの遥香ちゃんが住むはずだったマンションを譲ってもらった。今月中には荷物をまとめて出ていきなさい≫

　相変わらず、なんでもないことのように言うんだな。

　いちいち傷つくのにも疲れたよ。

　俺の返事も待たずに、通話終了を告げる音が鳴りひびいた。

　なぁ、親父。

　医者は患者を涙から救えるんだろ？

　笑顔にできるんだろ？

　だったら、もっと笑顔を咲かせろよ。

　それ以上はもう、なにも望まないから……。

　それからしばらくして、俺は一等地にあるマンションへと移り住んだ。

　毎月、俺の口座には親父から金が振り込まれるようになっていた。

　その金を使うのは気が引けたけど、中学生だった俺にはそれを頼るほかなかった。

　15歳になって数ヶ月。

　年が明けて本格的な受験シーズンに入った頃、スマホに１件の不在着信が入っていた。

前回表示されたのがいつだかわからないほど、ここ最近は関わりがなかった人物の名前。

　昼休み、屋上でそれを確認したものの、かけなおすのが面倒だなと思っていると、学校の門の前に1台の車が停まったのが見えた。

　その中からあわただしくおりた人物に、驚きを隠せない。

　握りしめたスマホの画面には、遠くに見える兄貴の名前が表示されたまま。

『なんでここに……』

　兄貴がスマホを操作して耳に当てた次の瞬間、俺のスマホが震えた。

『……はい』

＜今どこだ!?＞

『どこって、学校の屋上だけど』

＜今すぐおりてこい！　病院行くぞ！＞

　コンビニで購入したたまごサンドを頬張りながら、俺は顔をしかめた。

『……なんで』

＜いいから早く！＞

『だから、なんで……』

＜母さんが……！＞

　震える声で告げられた事実に、俺は持っていたサンドイッチをコンクリートの上に落とした。

　なんで？

　元気で、って言ったじゃん。

コンビニ袋を放りだし、無我夢中で階段を駆けおりた。

門の前にいた兄貴と合流し、車で病院に向かう。

俺たちが病室の扉を開けたとき、母さんの息はすでになかった。

以前よりさらに痩せた母さんの左腕には、ぐるぐると包帯が巻かれている。

『かあさ……』

言葉が出てこない。

脳裏に蘇るのは、少女のような笑顔と、別れたときのぐちゃぐちゃに歪んだ泣き顔。

『母さんの部屋に、これが……』

声を殺して泣きながら、兄貴はなにかをポケットから取り出した。

それを受け取ると、堰が切れたように涙が溢れだす。

雅、ごめんね

震える字で綴られた、母さんからの最後の言葉。

"ごめんね"……？

ちがうだろ。

それは俺が言うべきだった言葉。

ちゃんと、話を聞いてあげるべきだった。

そしたら、母さんを救えたかもしれないのに。

自分を守るのに必死で、一方的に考えを押しつけて。

俺は……母さんを殺した。

　親戚にも人望が厚かった母さんを自殺に追いやった、という噂は瞬く間に親戚中に広がり、誰も俺に近づかなくなった。

　その後、俺とタカは通っていた中学校からエスカレーターで入れる高校には行かず、地元の公立高校に入学した。

　勉強なんて、する意味もない。

　俺はもう、終わった人間。

　俺に一生付きまとうのは、自身が犯した罪と罰だけ。

幸せのカタチ

【杏奈side】

　みーくんの口から語られたのは、想像していたよりもはるかに重たい過去だった。

　軽々しく言葉を並べてはいけない気がして、ぎゅっと唇を噛むと、頬に大きな手のひらが添えられた。

「そんな顔すんなよ。俺は、お前のそんな顔が見たくて話したんじゃない」

　優しく注がれた眼差しに、目の奥から熱いものが押しよせてくる。

「あー、もう。泣くなって」

　今度は両方の手で、少し乱雑に髪の毛を乱された。

　ちょっ。せっかく整えた髪が台なしじゃんか！

「ははっ、メデューサみたい」

【バカにしてるところ悪いけど、やったのみーくんだからね!?】

　涙目のまま、頬を風船みたいにぷっくりとふくらませて抗議する。

　その様子がおもしろかったのか、みーくんはまた喉を鳴らした。

　私、みーくんのこの笑顔が本当に好き。

　だけど、言葉を紡いでいる間、君はずっと苦しそうだったね。

消えない後悔と罪悪感は、私の知らないところでもみーくんを苦しめ続けてきたんだと思う。

　お母さんを失った痛みや悲しみは、この先もずっと癒えないかもしれない。

　だけど私は、今君の目の前にある道を見つめてほしいよ。

「たっだいまぁー！」

　必要以上に大きな声とともに、遥香ちゃんが帰宅する。

　やっぱり大きな足音でふたたびリビングに戻ってきた彼女の両手には、いくつもの買い物袋。

【おかえりなさい、遥香ちゃん】

「ただいま！　今夜はすき焼きにしよう。いいお肉、いっぱい買ってきたんだ」

　なるほど、その袋の中のどれかには高級なお肉が入ってるのか。

　あー、食指が動くなぁ！

　袋を床におろし、続いて彼女もどかっと座る。

　あ、あれ？

　お肉は？

　冷蔵庫に入れなくていいの？

　私の心配もつかの間、ため息をつきながらもみーくんがすくっと立ちあがる。

　無造作に置かれた袋の中からお肉が入っているものを探しあて、彼はキッチンへ。

　すこぶる家事がダメな姉と、その世話をする弟みたい。

　……うん、我ながら的を射てる。

「杏奈ちゃん。美雪さん……雅たちのお母さんのこと、全部聞いた？」

　ぱっちり二重の遥香ちゃんの目が、ソファに座る私の目をまっすぐに捉える。

　私は間髪いれずにうなずいた。

「全部聞いて、杏奈ちゃんはどう思った？」

「……おい、遥香」

　私が困惑すると思ったのか、キッチンから戻ってきたみーくんが遥香ちゃんを制止しようとする。

　でも、大丈夫だよ。

　答えなんて、すぐに言えるんだから。

【今まで苦しんだ分、みーくんにはもっと幸せになってほしい。そう思ったよ】

　スマホの画面を見たみーくんの大きな目が揺れた。

　遥香ちゃんは目尻をさげて、私の手を握る。

「雅、まだまだ子供だからさ。支えてやってね」

　ぎゅっと手に力が込められ、私もそれに応える。

　そんな私たちふたりの様子を見ながら、子供ってなんだよ、と顔をしかめていたみーくんだけど、その口もとはちょっとだけゆるんでたよ。

　それから数日後、出張を終えた旦那さんが帰ってきたと連絡を受けた遥香ちゃんは、うれしそうに帰っていった。

　クリスマスの怒りはどこへやら、とみーくんは疲れた顔で彼女を送りだした。

遥香ちゃんの訪問、本当はそんなに嫌でもなかったん
じゃないかなぁ。

　そう感じたのは、遥香ちゃんと話すみーくんがリラック
スしているように見えたからだと思う。

　美人だけど豪快な遥香ちゃん。

　近いうちに、また会えるといいなぁ……。

　そして、いよいよ年末。

　今年最後の検診を受けるべく、私は病院を訪れた。

　本当はみーくんが送っていきたいって言ってくれてたん
だけど、そうするとバイトの時間がギリギリになってしま
うため、断った。

　いつも疲れた様子でバイトから帰ってくるみーくんの負
担になるのは、絶対に嫌だもん。

「杏奈ちゃん、どうぞー」

　見知った看護師さんに呼ばれて診察室の中に入ると、椅
子に座る藪内先生が優しい眼差しを私に向けた。

　みーくんに過去の話を聞いてからはじめて顔を合わせる
けど、藪内先生は相変わらずだ。

　こんなに優しい笑顔を浮かべる人が、お母さんを自殺で
亡くしてるだなんて思えないよ……。

　みーくんを裏切ったことだって、本当は信じたくない。

「体調はどう？　変わりない？」

【はい。たまにだるくなったりするけど、薬を飲めば落ち
つきます】

「そっか。じゃ、まずは心音を聴かせてね」

首にかけていた聴診器をつけた藪内先生の声とともに、診察がスタートした。

スラスラとペンを走らせてカルテを書きおえた藪内先生が、ぱっと顔をあげる。

「雅とは仲よくやってる？」

思わぬタイミングで藪内先生の口からみーくんの名前が出てきたことに驚きを隠せず、私は息をのんだ。

【仲はいいと思いますけど……】

言葉をにごした私の様子から、藪内先生はなにかを悟ったらしい。

目尻をさげて、小さく笑う藪内先生。

「雅から聞いたの？　あの話」

う……。

そんなにバレバレでしたか……？

不安になった私がうなずくと、藪内先生はおだやかな表情のまま、さらに口もとをゆるめた。

「やっぱりね。あいつが話すなんて、よほど信頼されてるんだな、杏奈ちゃん」

私の頭に手を乗せて、ぽんぽんとなでた藪内先生からの予想外の言葉に、胸の奥がぐっと熱くなる。

信頼されてるのかな。

もしそうなら……うれしいなぁ。

思わず舞いあがってしまった私の頭から温もりが離れたと思ったら、次に切ない視線が向けられた。

「前にね、"お前には幸せになる資格なんてない"みたいなことを雅に言ってしまって」

　それって……あのときのことだよね。

　倒れた私を病院に連れてきてくれたみーくんと、藪内先生が談話スペースで交わしていた会話の内容を思い出す。

「でも本当は、そんなこと思ってないんだ。雅には幸せになってほしいって思ってる」

　それなのに、と藪内先生は言葉を続けた。

「一番言っちゃいけないことを、俺は言った。定められた運命から逃れられない環境で、あいつが昔から葛藤してたこと、俺自身が誰よりも知ってたのに」

「……っ」

「母さんの自殺は、本当なら俺たち周りの人間が防げたはずだったのに、家を出るまでに追いつめられていた雅だけが全部を背負わされて……あげく、藪内の厄介者にされた」

　親戚中から浴びせられる非難の声、冷たい視線。

　たった15歳だったみーくんの背に、それはどれだけ重かっただろう。

「ときどき、不安になるんだ。俺には万里がいてくれるけど、雅はどうなんだろうって。雅を救いだせなかった俺が、幸せになっていいのかなって」

　たくさんの後悔が、痛いくらいに伝わってくる。

　藪内先生だって、ずっとずっとつらかったはずなのに、こんな風に相手を思いやれるところ、やっぱりみーくんにそっくりだね。

だからこそ、自分を責めないでほしいんだ。

【幸せのカタチって、人それぞれだと思うんです】

「え……？」

【幸福を他の人と笑顔で共有する人もいれば、反対に、涙を流しながら幸せを噛みしめている人もいるんじゃないかなって】

　えらそうに言える立場じゃないことはわかってるけど、どうしても言わずにはいられなかった。

【それぞれにいろんなカタチがある。だけど絶対、幸せになっちゃいけない人なんて、この世にはいない】

　お願い、届いて。

　自分を戒める必要なんてないんだって。

　きっとふたりのお母さんも、そんなことは望んでいないと思うの。

「ありがとう」

　瞳に涙の膜を張った藪内先生が、うれしそうに笑う。

「強くなったね、杏奈ちゃん」

【全部、みーくんのおかげです。みーくんがいたから、上を向いて歩いていきたいって思えるようになりました】

　言葉にしてみて、あらためて感じる。

　私を変えてくれたのは、他の誰でもない、みーくんなんだって。

　いつの間にか、死にたいって思わなくなっていたのは、みーくんが私の太陽になって道を照らしてくれたから。

「あいつに、杏奈ちゃんがいてくれてよかった。雅を……

弟を、よろしくね」

　いつもの優しい口調でそう言った藪内先生の顔は、まち
がいなく、みーくんの"お兄さん"だった。

セツナユキ

【杏奈side】

「初詣、行くか？」

　みーくんがなにげなしにそう言ったのは、あと１時間と少しで新年を迎える、というときだった。

　ソファに座り、みーくんがいれてくれたココアを飲んでいた私は、テレビから流れる年末恒例のバラエティー番組の音が響く部屋で、思考を停止した。

【いつ？】

「今から」

　ま、また突拍子もないこと言う……！

　一緒に住むようになってから少しの時間がたったとはいえ、彼のこういう思いつきにはいまだに慣れない。

「寒いし、嫌だったらいいけど」

　私の困惑が伝わったのか、みーくんは言葉を付け足す。

　そうじゃないよ、と私があわてて首を振ると、みーくんはうれしそうに私の頭をなでた。

　今までは気にしてなかったけど……みーくんのこれってクセなのかな。

　ことあるごとに、みーくんは大きな手で私の髪に触れる。

　うれしい半面、妹としてしか見られていないことを痛感するから、切ない。

　この恋心は、ずーっと一方通行の道をたどっちゃうのか

なぁ……。

　グレーのピーコートを着たみーくんと一緒に、部屋を出る。

　1階に着き、先にエレベーターからおりたみーくんは、エントランスへと繋がる通路を途中で曲がった。

　そういえば、こっちの道は行ったことなかったけど、なにがあるのかな。

　疑問を抱えながらみーくんのあとをついていくと、突きあたりに扉が現れる。

　みーくんの手によって開けられた扉の先には、いくつものバイクが並んでいた。

「ここ、バイク専用のガレージなんだ。車は地下」

　さ……さすがです、高級マンション。

「神社までちょっと距離あるからバイクで行こうと思ったんだけど……杏奈、怖くない？」

　いったん間を置いて投げかけられた心配の言葉に、口もとがゆるんでしまう。

　ここまで来て相手を気遣っちゃうあたり、みーくんらしい。

「……なんで笑うんだよ」

　むっと拗ねた顔で私をにらむみーくん。

　あぁもう、可愛いなぁ。

【ごめんね。バイク、怖くないよ】

　謝ったものの、みーくんは不服そうだ。

第2章 >> 141

　いつも上手なみーくんが時折見せる子供っぽい一面に、
私の心臓は暴れっぱなし。
【怒んないでよぅ】
「べつに怒ってねぇし」
　えー。
　すでに声が不機嫌じゃないですかー。
【みーくんがいつも私のことをまっ先に考えてくれるのが
うれしくて。笑っちゃってごめんなさい】
　あ……これ、私がはずかしいやつだ。
　画面を見せてから気づき、顔に熱が集まるのを感じる。
「なんだよ、それ……」
　はずかしさのあまりうつむいた私の体が、みーくんに
よって引きよせられた。
　え。
　……え!?
　あまりに突然のことに、パニックを引きおこしてしまう。
　そんな私の頭に、みーくんの吐息がかかった。
　ぎゃあっ!
　もう、心臓が破裂しちゃうよー!
「そんなの当たり前だろ……バカ」
　ぎゅっと、抱きしめる力が強くなる。
　触れたところから、溶けてしまいそうだ。
「うれしいこと言ってくれたから、今回は許す」
　体を離してニカッと笑ったみーくんに、しばらくドキド
キが止まらなかった。

マンションからバイクを走らせること、20分。

　隣町にある神社に着くと、すでに参拝客が列を作っていた。

　バイクを停めて、その最後尾に並ぶ。

　去年の今頃は、こんな風に年を越すなんて思ってもみなかったなぁ。

　みーくんとの出会いは、青天の霹靂って言っても大げさじゃないくらい、衝撃的な出来事だった。

　みーくんに出会わなければ、今年の大みそかも部屋にこもりっぱなしだったんじゃないかと思う。

　みーくんは息苦しかった環境を変えてくれた。

　なにより、私自身を変えてくれた。

「あ、雪だ」

　どこからか、そんな声が聞こえてくる。

　反射的にぱっと顔をあげると、紺色の空からはらはらと雪が舞いおりてきた。

「……どうりで寒いわけだな」

　小さくつぶやいたみーくんに視線を移すと、彼もまた空を仰いでいて……。

　言葉にならないような愛しさが込みあげてきた。

　みーくんにとって、私はただの妹みたいな存在かもしれない。

　だけど私は、何年たっても、何度生まれ変わっても、みーくんを好きになっちゃうと思うんだ。

　そんなことを真剣に考えちゃうくらい、私はみーくんの

ことが好きになってるんだよ。

　遠くで、除夜の鐘が鳴りはじめる。

　あと20分足らずで、みーくんと出会えた年が終わってしまう。

「杏奈」

　ふいに名前を呼ばれてふたたび視線を向けると、みーくんはおだやかな声色のまま、言葉を紡いだ。

「俺さ。家のことがあってから、毎日を適当に過ごしてきたんだ。大切なものができたこともあったけど……ダメになって、そういう存在を作ることすら怖くなって」

「……っ」

「でも、杏奈と一緒にいるようになってから、楽しいって思えるようになった。流れる月日に価値を見いだすことができた」

　くしゃっと、みーくんの顔がほころぶ。

「今年、杏奈に出会えてよかった。ありがと、杏奈」

　そんな風に思ってくれてたんだ……。

【そんなの、こっちのセリフだよ！　本当にありがとう】

　うれしい。

　私との出会いに意味をくれたこと、そしてそれを言葉で伝えてくれたこと。

　かけがえのない年の終わりに、大きなプレゼントをもらっちゃったよ。

　108回目の鐘が鳴る。

　私たちは、顔を見合わせて笑い合った。

「明けましておめでとう。今年もよろしくな」

【明けましておめでとうございます。こちらこそ、よろしくね】

　新たな1年の幕開け。

　今年はどんな年になるのかな。

「順番、もうすぐだな。杏奈はなにを願うんだ？」

【えへへ、秘密。言ったら叶わないんだよ】

　なんて言ったけど、本当はちがうの。

　あまりに身勝手な願いだから、言えなかっただけ。

　こんなことを神様に頼むのはまちがってるかもしれないけど……願わずにはいられなかった。

　どうか、みーくんが私と同じ気持ちでいてくれますように。

　年が明けた翌日、私は久しぶりに自宅のチャイムを押した。

　モニターに映った私を見たのか、すぐにママが玄関から飛び出してくる。

「杏奈！」

【ただいま、ママ。明けましておめでとう】

「明けましておめでとう。冷えるから、早く入りなさい」

　ママに通され、ひさびさに家の中に入る。

　私が入院する前と、なにも変わってない……。

「帰ってくるなら連絡くれればよかったのに」

【ごめん。急だったし、どこかに出かけてたら悪いなって

思って】

「そんなの気にしなくていいのに」

　ママに続いてリビングに入ると、コタツで温まっていたパパと柚葉の視線が向けられた。

「杏奈か。おかえり」

「おかえり、お姉ちゃん！」

　突然帰ってきたにもかかわらず、3人は笑顔で迎えいれてくれた。

「外、寒かっただろ。こっちにおいで」

　パパの言葉に、コートを脱いでコタツに入る。

　あぁ、あったかい……。

「お姉ちゃん、お雑煮食べる？　私が作ったの」

【うん、もらおうかな】

「はーい。よそってくるね」

　コタツを飛び出してキッチンへ駆けていく柚葉の姿を見つめる。

　こんな風に過ごすの、いつぶりだろう……。

　遠い昔の家族の姿に、私は目を細めた。

　私が家に帰る決意を固めたのは、昨晩のこと。

　みーくんに帰宅を促されたものの、頑なに拒否していた私。

　そんな私に、みーくんが言ったんだ。

　『生きていれば、すれちがったって必ずやりなおせる。向き合う相手がこの世にいるのに、目を背けてしまうのはもったいねぇよ。人なんて、いついなくなってしまうかわ

からないんだから。杏奈には、俺と同じ後悔をしてほしくない』……って。

　お母さんを亡くしているみーくんの言葉には、悲しいくらい重みがあった。

　家族に対する、言葉では言いあらわせないような感情は変わらないけど、それを聞いて一度家に帰ることを決めた。

　買ってもらったスマホのアドレスは伝えてあるけど、ママたちと連絡を取ることはほとんどない。

　検診もひとりで受けていたから、ひさびさに顔を合わせた。

「はい、お雑煮！　おせちもあるよ」

【そんなに入んないよ。お昼も食べてきたし、お雑煮だけで十分】

　漆塗りの器に入ったお雑煮に箸をつけると、口の中いっぱいにだしの香りが広がった。

【おいしい。ずいぶん腕あげたね】

「ほんと!?　えへへ、うれしいなぁ！」

　憎かったはずの柚葉が可愛らしく見えたことに、自分でもびっくりした。

「なんだか……優しく笑うようになったわね」

　湯気の立つマグカップを私の前に置いたママが、ぽつりとこぼす。

　思いがけない言葉に、私は目を見開いた。

【どういうこと？】

　スマホの画面を見たママがしまった、というような顔を

する。

【大丈夫だから、言って】

　言葉の続きを催促（さいそく）する私に、ママは困った笑顔を見せた。

「手術のあと……声を失ってしまってからの杏奈は、私たちに対して笑顔を取りつくろっていたでしょう」

「……っ！」

　ママは気づいていたんだ。

　私が、笑顔という名の仮面をかぶり続けていたことに。

「でも、今の杏奈は私が大好きだった笑顔をしてる。優しい目をしてる」

　目頭が熱くなって、鼻の奥がツンとした。

　もしかして、今が素直になるとき？

【私ね、病気になってから……ママたちが嫌いだったの】

　震える手で、スマホのメモに言葉を並べる。

　ママたちは、ゆっくりとそれを待ってくれた。

【よそよそしいママたちにイライラして、私は愛されてないんだって卑屈（ひくつ）になって。柚葉にも憎しみを向けた】

「……うん」

　ママが、こぼすように相づちを打つ。

【でも、私がその感情を捨ててしまえば、こんな風に昔と同じ私たちでいられるんだよね。原因は、ずっと私の中にあったんだ】

　そんな簡単なことに、私はようやく気がついた。

【今までずっと、ごめんなさい】

　きっと、何度言ったって足りない。

私は、それほど最低だった。

　うつむいた私を、懐かしい香りが包む。

「謝る必要なんてないわ。私たちだって、真正面から杏奈
に向き合うことができなかったんだから」

「……っ」

　新年早々、ママの腕の中でわんわん泣いた。

　申しわけなさと感謝の気持ちで、胸がいっぱいになる。

　"向き合う相手"がこの世にいるのに、目を背けてしま
うのはもったいない、というみーくんの言葉が脳裏に浮か
んだ。

　うん……たしかにそうだね、みーくん。

　今日こうやって素直な気持ちをぶつけられなかったら、
さらに溝が深まって、もっと先の未来で後悔していたかも
しれない。

　だけど、そうならなかったのは、みーくんが背中を押し
てくれたからなんだ。

「そんな目じゃ、雅くんにびっくりされるわよ」

　ひとしきり泣いたあと、ティッシュの箱を差し出しなが
らママが言った。

「雅くんにもよろしくね。それと、ありがとうって伝えて
おいて」

　ありがとうって、なにに対してだろう……？

　私の考えていることを読みとったのか、ママが笑う。

「杏奈を前向きにしてくれたのは、あの子でしょ？」

偽っても仕方ないので、素直にうなずいた。

「言いだしたときはどうなることかと思ったけど、今は雅くんと住むことを許してよかったと思ってるよ」

ママ……。

「ま、少しさびしいけどね。たまには帰ってきなさいよ」

その言葉に、何度もうなずく。

帰ってくるよ。

だって、もうここは息苦しい場所じゃなくなったから。

「気をつけて帰るんだぞ」

「またね、お姉ちゃん」

家族全員に見送られ、自宅をあとにする。

帰路につく足取りは自然と軽くなった。

なにから話そう。

どこから話そう。

全部を聞いたとき、君はどんな顔をしてくれるかなぁ。

マンションに帰ると、みーくんが晩ご飯の準備をして私の帰りを待っていてくれた。

「おかえり」

私が家を出る前、正月なんだから贅沢するぞって意気ごんでいたけど……カニ鍋ですか、雅さん。

テーブルの上には、お鍋に必要なコンロや器なんかが並べられている。

キッチンに顔を出すと、みーくんは菜箸を片手に視線を向けた。

【なにか手伝う？】

「いや、いい。もうすぐできるから、座ってろ」

【はーい】

　言われたとおりにテーブルに着くと、３分もしないうち
にみーくんが鍋を運んできた。

　わぁっ、おいしそう！

　かっこよくて料理もできちゃうんだから、ずるいなぁ！

　みーくんが腰をおろし、私たちはそろって手を合わせた。

「……どうだった？」

　鍋から白菜とネギを器に移しながら、みーくんがなにげ
なく聞いてくる。

　なにが、とは言わないあたりが優しいなぁ、もう。

【たくさん、いろんなことを話したよ。今日家に帰ること
ができて、本当によかった】

　画面を見たみーくんが、うれしそうに笑った。

　それから、しばらく沈黙が続く。

　こういうことはめずらしくない。

　私は声を出せないし、みーくんもペラペラと不必要なこ
とをしゃべったりはしないから。

　その沈黙をみーくんが破ったのは、鍋の中の具材がある
程度減った頃。

「俺さ、いろいろ考えて決めたことがあるんだ」

　箸を置いたみーくんの、茶色く澄んだ瞳が私を見すえる。

　あまりにまっすぐな視線から逃れられなくなって、動か

していた手を止めた。

　決めたこと……？

「俺、高校を卒業したら働くつもりだったんだ。知り合い
の社長が俺を雇うって、ずっと前から言ってくれてて」

　そうだったんだ。

　私、なにも知らなかった……。

「でも、杏奈が帰ってる間に社長に連絡して、断った」

　え……!?

　耳に飛びこんできた予想外の言葉に、思わず目を剥く。

「そんな顔すんなよ。目的もなく断ったわけじゃねぇから
さ」

【じゃあ、なんで……】

「大学を受けようと思う。今からじゃ現役での合格はさす
がに無理だけど」

　みーくんが突然なにかを言いだすのはいつものことだけ
ど、今回のことについては驚いた、じゃ済まされない。

　唖然としている私に、みーくんが目尻をさげた。

「この前、遥香の言葉を聞いて考えた。もし本当に、杏奈
の声が出ない原因が手術によるものではなかったら、って」

　ふと、クリスマスイブに遥香ちゃんが言っていた言葉を
思い出す。

『メンタルの問題なんじゃないかな』

「まだ可能性でしかない。本当に取りもどせるかなんてわ
からない。でも、可能性が１パーセントでもあるなら、そ
れに懸けたい」

涙が奥からどんどん溢れてくる。

　私なんかのためにそんなことまでしないで、って思うけど、うれしい気持ちの方が勝ってしまう。

「俺はそのためになら、何年かけてでも大学に合格して、杏奈の声を取りもどす方法を学んでやる」

　はっきりと言いきったみーくんの目には、確かな決意が宿っていた。

　他の人が聞いたら、無茶だ無謀だって笑うかもしれない。

　だけど、不思議だね。

　なんの迷いもなく、今ここにいるみーくんのことを信じることができる。

　きっと、それだけで十分なんだ。

第 3 章

君のいる世界

【杏奈side】

　世間の学生が冬休みを終え、２ヶ月ほどたった頃。

　朝食を作っていると、カッターシャツを着たみーくんが寝ぼけまなこでリビングに現れた。

「はよ、杏奈」

【おはよう。もうすぐご飯できるよ】

「ん」

　寝グセをぴょんぴょんと跳ねさせたまま、みーくんがテレビをつける。

　そのうしろ姿、可愛すぎます。

「……あ。杏奈、今日検診ある日？」

　みーくんが振り返ったので、キッチンから首を振る。

　昨日病院に行って治療を受けてきたばかりだから、今日はみーくんが学校に行っている間に家事を片づけてしまおうと思っている。

「なら……一緒に学校行かねぇか？」

　てっきり病院に行くかどうかの確認だけだと思っていた私に投げかけられたのは、またまた予想のななめ上を行く爆弾発言。

　それって、私がみーくんの学校に行くってこと……？

　鍋の火を止め、私はみーくんのもとへ駆けよった。

【じょ、冗談でしょ？】

詰めよる私から、気まずそうに顔を背けるみーくん。
「冗談じゃねぇよ。タカが杏奈に会いたがってんだ」
　タカ？
　どこかで聞いたことのある名前に、思考をめぐらせる。
「俺の親友」
　みーくんに言われてピンと来た。
　あ！　そうだ、中学校からの親友の"隆弘"さんだ！
「杏奈の話をしてから、会わせろってうるさいんだよ」
　私の話、してくれたんだ……。
　みーくんにとってはなんでもないことかもしれないけど、とってもうれしい。
「嫌ならべつに無理しなくても……」
【行く】
　行きたい。
　みーくんが苦しいときに一番そばにいた人が、私に会いたいって言ってくれてるのに、断る理由なんかどこにもない。
「……わかった」
　……あれ、どうしたんだろ。
　私の意思を尊重してくれたものの、誘ったみーくんの方が乗り気じゃないように見えた。

　私が学校に忍びこむためにと、隆弘さんが卒業した女の先輩から借り、学校でみーくんに渡しておいていてくれたという制服を身にまとい、みーくんと一緒に家を出る。

制服なんて着るの、いつぶりだろう……。

　学校を辞めた私には、もう縁のないものだと思っていた。

　へへっ、ブレザーだ。

　中高ともにセーラー服だったから、じつは、ちょっと憧れてたんだよね。

　まさか着られる日が来るなんて。

　みーくんの隣に並んでも不自然じゃない程度に着くずしてみたものの、彼はなにも言わなかった。

　電車をおりて学校まで歩く途中、みーくんはずっと気難しそうな顔。

　隆弘さんは会いたいって言ってくれてるみたいだけど、みーくんは会わせたくないのかな……?

　この学校の生徒じゃないとバレないか、ヒヤヒヤしながら学校の門を通る。

「大丈夫だから」

　みーくんはそう言ってくれたけど、心なしか周りからの視線を感じる。

　あぁでも、そりゃそうか。

　みーくんは金髪で目立つうえ、整った顔をしている。

　ルックスだけで人気があってもおかしくない。

　そんな彼の隣に見たことのない女がいれば、誰だって興味を持つよね。

　校舎の中に入って、みーくんは人の流れとは別の方向を行く。

　どこに行くんだろう、と疑問を抱えながらみーくんの広

い背中を追うと、彼はあまり使われてなさそうな教室の前で立ちどまった。

「この空き教室、俺らのたまり場になってんだ」

それだけ言い、なんの迷いもなくスライド式の扉を開ける。

同時に、扉の向こうにいた人たちがいっせいにこちらを向いた。

ざっと見て、人数は8人。みんな男の人だ。

「お前ら、反応早すぎ……」

げんなりしたみーくんが私の手を引くと、彼らの視線が私に集まる。

「"杏奈"」

その人たちに向けて、私の名前だけをみーくんがぶっきらぼうに言うと、その中のひとりが勢いよく立ちあがり、私たちに駆けよってきた。

ライトブラウンの髪をした、みーくんに負けないくらいかっこいい人。

「杏奈ちゃん！　やっと会えたー！」

わっ……。

みーくんを押しのけ、私の手を取ってぶんぶんと振る彼。

困惑している私に、みーくんはため息をついて「タカ」とつぶやいた。

「あっ、ごめん。ずっと会いたかったからうれしくて」

握られていた手がパッと離される。

「榎本隆弘です！　タカって呼んで」

関西のイントネーションで話す彼は、屈託のない笑みを
向ける。

　　この人が、タカさん……。

【はじめまして。鳥越杏奈です！　よろしくお願いします】

「よろしくー」

　　ほのぼのとしたやり取りをしている間に、他の人たちも
周りに集まってきていた。

「この子が杏奈ちゃんか」

「やっぱ可愛いっすねー」

　　ガヤガヤとした雰囲気に慣れない私は、矢継ぎ早に投げ
かけられる言葉に目が回ってしまいそうになる。

「群がんな。戻れ」

　　それを悟ってか、言いたい放題だった彼らに釘を刺した
みーくん。

　　たった一言で、みんながもといた場所へと戻っていく。

　　慕われてるんだなぁ……。

　　みーくんは不機嫌な顔のまま、部屋の中へと入っていっ
た。

「ごめんなぁ、無理言って来てもらって」

　　タカさんが、入り口に突っ立っていた私にそっと耳打ち
する。

　　ぶんぶんと首を振ると、彼は奥二重の目を優しく細めた。

「杏奈ちゃんが、聞いてたとおりの子で安心したわ」

【聞いてたとおりって？】

「言いたい気持ちは山々やねんけど、言ったらあいつにど

つかれてまうからなー」

　えー。

　そう言われると、ますます気になっちゃうよ。

　みーくんは私のこと、なんて話してたんだろう。

【今日のみーくん、ずっと気難しそうにしてるんです。もしかして、私を連れてきたくなかったんじゃ……】

　スマホの画面を見たタカさんは目をぱちくりさせたと思ったら、次の瞬間、喉をクッと鳴らした。

「あいつ、杏奈ちゃんとふたりのときからあんな顔してるん？」

　クスクスと笑うタカさんの意図が読めず、私はぽかんとしてしまう。

「なるほどなぁ。どうりで会わせるの、しぶるはずやわ」

【どういうことですか？】

　ニヤニヤと笑うタカさんの意図が、まったく汲みとれない。

「とられたくなかったんやろ、俺らに」

【とられたくなかったって、なにを】

「杏奈ちゃん」

　なんだ、私か……って、え!?

　一気に顔に熱が集中するのがわかる。

【そんなわけないじゃないですか！　付き合ってるわけでもないのにっ】

「ははっ、顔まっ赤」

　あーもう、言わないでくださいよー。

とっさに両手で頬を覆うと、タカさんは部屋の奥で談笑するみーくんに視線を向けた。

　その横顔は、どことなくみーくんに似ている。

　姿形じゃなくて、雰囲気がそっくりだ。

　そういえば、タカさんもみーくんと似た境遇なんだっけ。

　同じような道をともに歩んできたんなら、当然と言えば当然なのかもしれないなぁ。

「そうだ。今日、由香里たち来るの？」

　部屋のどこからか聞こえた女の人の名前に、思わずドキッとしてしまう。

「さっき連絡入ってた。昼休みに後輩と一緒に来るって」

「後輩？　……あー、美紗のことか」

「げ、美紗も来るんスか。俺、あいつ苦手なんですよね。いつも雅さんにベタベタして、狙ってるのバレバレっつーか……」

「ばっ……杏奈ちゃんいるだろ！」

　気を利かせてくれた誰かの制止の声が、むしろ痛かった。

　……美紗って誰だろ。

　みーくんのこと好きなのかな……。

　なんだ。

　男の人ばかりだと思ってたけど、女の人もここに出入りしてるんだ。

　なんか……嫌だなぁ。

　モヤモヤする胸をぎゅっと押さえたとき、みーくんの低い声が部屋に響いた。

「そろそろチャイム鳴るぞ。いったん教室に戻れ」

「雅は？」

「俺はここにいる。杏奈置いていけねぇから」

　みーくんの言葉に、あわてて首を振る。

【私ならひとりでも平気だから。みーくんは教室に行って】

「でも」

【大丈夫だよ。ここで待ってるから】

　ごめんね、みーくん。

　本当は、今ふたりきりになりたくないだけなの。

「……わかった。昼休みにまた来るから。体調が悪くなったりしたら、メールじゃなくて電話しろ。すぐに戻ってくる」

【うん】

　笑顔を取りつくろうのは得意だ。

　にっこりと笑って、みーくんたちを送りだした。

　ひとりになった空間で、部屋の奥になぜかあるソファにドサッと腰をおろす。

「…………」

　頭の中を支配するのは、"美紗"という2文字。

　その人がみーくんのことを好きなら、家に住まわせてもらっている私の存在は邪魔なはず。

　自分をよく思ってないとわかっている人と顔を合わせるのは、正直気が重い。

　待ってるって言うより、先に帰るって言った方がよかったかも……。

はぁ、と思わずため息がこぼれたとき、私以外は出払っ
たはずの部屋の扉が勢いよく開いた。

「……っ!?」

　扉を開けたのは、少し赤みがかった長い髪をサイドでま
とめている、濃いメイクを施した女の人。

「やっぱりいた」

　びっくりして身動きが取れないでいる私の姿を確認した
彼女は、ツカツカとこちらへ歩みよってくる。

「あんたでしょ、杏奈って」

　敵意むき出しの、低い声。

　きっと、この人が美紗さんだ。

　目の前までやってきた彼女は、品定めでもするかのよう
に、てっぺんからつま先までをじろじろと見てくる。

「あんた、雅くんのなんなの」

　強い口調で問われ、私はどうすることもできなくなる。

　だって、当の私もその答えを知らないから。

　友達じゃない。

　だけど家族でもない。

　私はみーくんのことが好きだけど、みーくんは私のこと
を妹としてしか見てないんだもん。

　私たちの関係性に、きっと名前なんてない。

「……だんまりってわけ」

　低かった声が、さらに低くなった。

「まぁいいわ。どうせ、あんたも雅くんのことが好きなん
だろうけど……あんたと雅くん、全然釣り合わない。あん

たなんかに、絶対負けないから」

　キッとにらんで言いきった彼女は、一度も振り向くことなく部屋を出ていった。

　ふたたびひとりになったその場所で、私はぬけ殻になったように天井を仰いだ。

　……ドラマみたいだったなぁ、今の。

　あんな風に宣戦布告される日が来るなんて、思ってもみなかったよ。

『あんたと雅くん、全然釣り合わない』

　じわりと涙がにじむ。

　みーくんの隣に立つのは、美紗さんみたいな大人っぽい人の方が合ってるんだろうなぁ。

　メイクなんてほとんどしないし、髪だってめったに巻いたりアレンジしたりしない私は、きっとみーくんのそばにいるのにふさわしくない。

　そんなこと、本当はもうとっくに知ってた。

　でもね、わかってたって離れられないの。

　優しさや痛みに触れて、彼のことを愛おしく思うようになった。

　知り合ってからまだ日は浅いけど、好きになるのに時間なんてきっと関係ない。

　今の私にとって、みーくんを失うことが、なによりも怖い。

「……っ」

　こぼれた涙が、着ているセーターに染みを作って消えて

いく。

　……止まらない想いもこんな風に消えてくれたら、どんなに楽だろう。

　お昼休みを告げるチャイムが鳴ってすぐ、外側から扉が開けられた。

　一瞬構えた私だけど、そこにいたのは美紗さんとは別の人物。

　さっき、みーくんに敬語を使っていた男の子だった。

「杏奈さん、神経衰弱しましょ！」

　茶髪ではあるものの、幼さの残る笑顔を浮かべる彼は、ポケットからトランプを取り出す。

　な、なんで神経衰弱？

「あ、俺智哉っていいます。雅さんよりひとつ下の後輩です」

【じゃあ私と同い年ですね】

「あ、そうなんですか！　なんか、うれしいです」

　えへへ、私も。

　智哉くんの明るい雰囲気に、沈んでいた気分が浮上する。

「ここ、２年の教室から近いんスよ。だから、ここに来るの、いつも俺が一番早くて」

　智哉くんは気を遣って、「そのうち雅さんも来ると思いますよ」って言ってくれたけど、正直今は、みーくんと顔を合わせるのがつらかった。

　私とみーくんじゃ、住んでる世界がちがうなんてことはわかりきってたはずなのに、あらためて人から言われると、

第3章 ›› 165

胸が張りさけそうなほど苦しくなったんだ。

　神経衰弱を始めてすぐ、みーくんとタカさんが戻ってきた。

　ばちっと目が合い、思わず目をそらしてしまう。

　そんな私を不審に思ったのか、みーくんがゆっくりと近づいてくるのがわかる。

「杏奈。……なにかあった？」

　いつもは落ちつくみーくんの声が、今日は私の胸をキリキリと締めつける。

【べつに、なにもないよ】

　トランプから目を離さずにスマホの画面だけを見せると、なにも言わずにそばを離れていったみーくん。

　それからすぐに、由香里さんと呼ばれるボブヘアの女の人と美紗さんが現れた。

「あれっ？　雅くん、香水変えたぁ？」

　さっきの姿からは想像もできないような美紗さんの甲高い声が響く部屋で、ぎゅっと唇を噛む。

「大丈夫？」

　私の隣に腰をおろしたタカさんが心配そうに声をかけてくれたけど、乾いた笑みを返すことしかできなかった。

　タカさんたちと別れたあとも、私とみーくんの間には微妙な空気が流れていた。

ゼロの距離

【杏奈side】

　家に帰ってからも、ご飯を食べている間も、私とみーくんは必要最低限の言葉しか交わさなかった。

　理由は明白。

　私が素っ気ない態度を取ったから。

　表面だけ見れば私が悪いんだけど、美紗さんにあんな風に言われて、いつもどおりでいられるほど、私は強くなかった。

　洗い物を終えた私がテーブルの横を通りすぎようとしたとき、そこに置かれていたみーくんのスマホが震えた。

　着信を知らせるスマホの画面には、"美紗"と表示されている。

　心臓を貫かれたような感覚を覚えてその場に立ちつくしていると、ソファで寝転がっていたみーくんがスマホを取って電話に出た。

「……なに」

　かすかに聞こえるのは、電話の向こうにいる彼女の高い声。

　やだ、聞きたくない。

　逃げるように自室に戻り、ベッドの上で毛布を頭からかぶった。

第3章 >> 167

　少ししてみーくんの気配がリビングから消え、それから
すぐに玄関のドアの閉まる音がした。

　夜の9時。

　こんな時間に、みーくんは美紗さんに会いにいったんだ。

　ぽろぽろと涙が頬を伝う。

　どれだけ私がみーくんを想ったって、君は絶対に振り向
かない。

　恋って、こんなに苦しいものだったっけ……？

　おぼつかない足取りでリビングを歩き、テレビの電源を
入れる。

『そんなことしたんですか!?』

『そうなんですよー、あいつったらあの店で……』

　大きなテレビの画面の中では、今ブレイク中のタレント
が大御所芸人と笑い合っていた。

　ひとりで見るバラエティー番組ほどつまらないものはな
いなぁ。

　そう思い、リモコンでチャンネルを変えようとしたとき。

　──ピーンポーン。

　インターホンの音が家中に鳴りひびいた。

　こんな時間に誰だろう……。

　おそるおそるモニターを確認すると、マフラーに顔を埋<ruby>埋<rt>うず</rt></ruby>
めたタカさんが映っていた。

　あわててエントランスのロックを開ける。

　インターホンって、声が出ないととっても不便だ……。

　3分もしないうちに、今度は玄関のインターホンが鳴る。

パタパタと玄関まで走って扉を開けると、鼻のてっぺんを赤くしたタカさんがいた。

「やっぱりエントランス開けたん、杏奈ちゃんか。雅は？」

「…………」

黙りこくってしまった私の様子で状況を察したらしいタカさんは、深い息を吐く。

白くなったそれは、すぐに夜の闇に消えた。

「まさかとは思ったけど、あのアホ……」

いらだった様子で頭をガシガシとかいたタカさん。

「ここじゃ寒いし、中入ってもええ？　雅おらんねんやったら、しゃべっとこうや」

タカさんの心遣いが、なによりもうれしかった。

もしかしたら……もしかしたらだけど、本当は昼間の様子を心配して来てくれたのかな、なんて。

都合よく考えすぎかな。

家にあがったタカさんは、勝手を知った様子でリビングへと歩いていく。

さすが、親友なだけあるなぁ……。

温かいお茶の入ったマグカップを手渡すと、着ていたキャメルのダッフルコートを脱いで、カーペットの上に座っているタカさんが、目尻をさげた。

「ありがと」

【いえ】

タカさんに向かい合う形で私も腰をおろす。

「…………」

「雅のことやけど」

　少しの間流れた沈黙を破ったのは、タカさんだった。

　低い声で紡がれる言葉に耳を傾ける。

「本気やった女を、まだ忘れられてへんのやと思うねん」

　タカさんの言葉に、思考をめぐらせる。

　あ……。

　それって、みーくんの家庭教師だったっていう人のことかな……？

　前に少しだけみーくんが話してくれた、本当に好きだった女の人。

　それがどんな人だったのかを知りたくても、みーくん本人が触れられたくなさそうだったので、ずっと聞けなかった。

【どんな人だったんですか？】

　タカさんに尋ねるのはずるいってわかってはいたけど、聞かずにはいられなかった。

　きゅっと口を結んだ私を見て、タカさんは懐かしそうに目を細めて笑う。

「おせっかいで……他人の心にズカズカ入りこんでくるような人やった。雅も彼女も、お互いがお互いを必要としてるように見えた」

　知らない過去のみーくんが、たったひとりの女性を愛した時間がたしかにある。

「やけど、別れを余儀なくされて……。それ以来あいつは、

大切な存在を作ることを恐れるようになった。次の恋をすることから逃げるようになったんや」

　私が知ることのできない傷がある。

　それが苦しい。

　話を聞く限り、みーくんとその彼女さんは嫌い合ったわけじゃない。

　それなのに、どうしてふたりは別れなくちゃいけなかったんだろう……。

「彼女……志保さんと別れたあとのあいつには同情したし、かわいそうとすら思った。けど、それが杏奈ちゃんを傷つけていい理由にはならん」

　きっぱりと言いきったタカさんは、きっと全部お見通しなんだ。

　私がみーくんに抱いている感情も、この痛みも。

「過去の痛みを理由に、目の前にある大事なもんから目をそらしてるあいつは、ほんまにアホやと思う。……それでも、そばにいてやって」

　タカさんの優しい瞳が、少しだけ揺れる。

「強そうに見えて、誰よりも傷つくことを恐れてるあいつのそばに、いてやって」

　胸の奥を、ぎゅっとつかまれたような感覚がした。

　みーくんのそばにいるのは、私でいいのかな……？

　切なく笑うタカさんの顔が、とめどなく溢れる涙でぼやける。

　今日、泣いてばっかりだ……。

「わーっ、泣かんとって！ 俺、女の子の泣き顔、苦手や
ねん！」

　あわてるタカさんに、私は涙を拭いながら笑いかける。

　それは、昼間のような偽物の笑顔じゃない。

「うん、笑顔の方が絶対いい！」

　タカさんがそう言ってくれたので、私はまた微笑んだ。

　コミュニケーション能力に優れたタカさんとの時間は、
嫌なことを忘れられた。

　美紗さんの存在が頭の片隅に追いやられた頃、玄関の鍵
が開く音がした。

　その音に、びくっと跳ねる肩。

　やだ、帰ってきちゃった……。

「……杏奈ちゃん、ごめんな」

　足音がリビングに近づいてきたとき、タカさんが私との
距離を詰めた。

「……っ!?」

　リビングの扉が開いたのと、頬になにかが触れたのは、
ほぼ同時。

　それがタカさんの唇であると理解したのは、数秒後のこ
とだった。

「……タカ？」

「……っ」

　されるがままの私は、脳内で軽いパニックを起こしてい
る。

ど、どういう状況ですか、これ。

　みーくんの位置からだと、唇にキスしてるように見えなくもない……と、思う。

　タカさんはいったい、どういうつもりで……！

　やっとのことでタカさんの胸を押し返すと、唇が離される。

　耳もとでふたたびささやかれた"ごめん"という謝罪の言葉は、張りつめた静寂の中に消えていった。

「なにしてんだよ……！」

　みーくんのかすれた声とともに、タカさんが床に倒れこむ。

　その口もとには血がにじんでいた。

「なにって……ただのキスやけど」

「タカ、お前……ふざけんな！」

　馬乗りになってふたたび殴りかかろうとしたみーくんに、タカさんが冷たい声で言いはなつ。

「ふざけんなとか、お前にだけは言われたくないわ」

「はぁ!?」

「どうせ、今まで美紗とおったんやろ。あいつ、今日の夜、お前のこと呼び出すって言ってたしな」

　床に背をつけて、それでもタカさんはみーくんをにらみつける。

「傷つけたくない言ってた杏奈ちゃん泣かせて、結局お前はなにがしたいねん」

　タカさんの言葉は、全部私とみーくんのためのものだ。

それが痛いくらいに伝わるから、私はなにもできなかった。

「収拾はお前がつけろ。俺は知らん」

みーくんを押しのけて、タカさんは乱れた襟もとを正す。

ソファにかけてあったダッフルコートに袖を通して、ふたたび私に向きなおった。

【タカさん、血が！】

「ええよ、すぐ止まる」

【でも……】

「大丈夫やから！　時間も遅いし、もう帰るわな。バイバイ、杏奈ちゃん」

ひらひらと手を振って、タカさんがリビングを出ていった。

「…………」

ど、どうしよう……。

気まずい空気に耐えられる自信がなくて、自室に戻ろうと腰を浮かせた私の腕が、みーくんの冷たい手に握られた。

「……ごめん」

うつむいたまま、苦しそうにしぼりだされたのは、かすれた声。

【それは、なにに対しての謝罪なの？】

普通の人とはちがう、気持ちを文字にする、というプロセスがあるにもかかわらず、好戦的な言葉を選んでしまう。

やだ、なんで。

こんな自分が、心底嫌になる。

「……俺のせいで泣いたんだろ。だから」

【なんで泣いたか、わかってないくせに】

　ちがう、本当はこんなこと言いたいんじゃない。

　言いたいんじゃないのに、止まらないよ。

　こんなの、ただの八つ当たりだ……。

　歯止めが利かなくなった私に、みーくんもまた眉を寄せた。

「じゃあ、なんで泣いたんだよ。なんで、ずっと怒ってんだよ」

　強い口調。

　目も合わない。

　いつもの余裕が、みーくんから感じられない。

「俺だって人間なんだから、言葉にして言ってくれなきゃわかんねぇこともあるよ……！」

　部屋に響いた言葉が、私の心に重くのしかかる。

　自分の言ったことを理解したのか、はっと我に返ったみーくんは、あわてて口もとを押さえる。

　その指先は、心なしか震えているようにも見えた。

「ごめっ……ほんとはこんなこと言うつもりじゃなくて、杏奈はなにも悪くねぇのに、俺……」

　悔いる必要はないよ。

　優しいみーくんにそこまで言わせてしまったのは、私なんだから。

　原因の所在が自分にあることはわかってる。

　わかってるけど、一度壊れた感情のストッパーは簡単に

は直ってくれないね。

　今までのみこんできた気持ちが、一瞬にして溢れだしてしまう。

【好きだからだよ】

「……え」

　スマホの画面を見たみーくんは目を大きく見開いて、蚊の鳴くような声をこぼした。

【みーくんを想うから泣いちゃうの。みーくんのことが誰よりも】

"好きだから"

　続けて用意していた言葉は、唇に触れた温もりによって封じられた。

　視界を埋めつくすのは、みーくんの切なく細められた目。

　金色のサラサラな髪が、その端っこに映りこむ。

　唇に感じるのは、さっきのタカさんのとはちがう感触。

「……っ!?」

　お互いの唇が重なったんだと理解した瞬間、その温もりがゆっくりと離される。

　そして……。

「……ごめん」

　苦しそうな声で、その３文字を口にしたみーくん。

　息がかかる距離にいるのに、視線はもう絡まない。

　ただ、その場で固まるしかできない私を残して、みーくんはお風呂場へと姿を消した。

　ズキン、と頭が痛くなる。

今の"ごめん"は、なにに対して言われたんだろう。
　告白？
　それとも、キス？
　……わかんないよ。
　どれだけ考えたって、答えらしきものには行きつかない。
　みーくんの心が見えないのが苦しくて、自分の気持ちが
まっすぐに伝わらないのが悲しくて……私はまた頬を濡ら
した。

月夜、君に堕ちる

【杏奈side】

　明けない夜はない。

　そんな摂理は、ときに愛おしく、ときに残酷だと思う。

「……はよ」

　リビングの扉の前で、いつもよりぎこちない笑顔が１日の始まりを告げた。

　口角を無理やりあげてうなずくと、みーくんはバツが悪そうな顔をしたけど、それ以上はなにも言わずに椅子に座った。

「……いただきます」

　朝ご飯は普段どおり、私が作った。

　メニューは、ご飯とみそ汁とサラダ、それと昨日の残りの肉じゃが。

　テーブルの上に並ぶそれらに手を合わせ、みーくんは学校に行くための腹ごしらえをする。

「…………」

「…………」

　ふたりきりの空間に会話がないことは、めずらしくもなんともないのに、今日はそれがとても息苦しい。

　耐えられなくなって、洗濯機を回すという名目でリビングを出ていこうとすると、うしろからみーくんに呼びとめられる。

おそるおそる振り返ると、みーくんがお茶碗を片手に、視線だけを私に向けていた。

「今日……病院行く日？」

　その問いかけに小さくうなずく。

　あぁ、なんだか胸が痛い。

　普段なら、【今日は治療じゃなくて検診なんだよ】って、話を続けるんだけどな。

　昨日からおかしいな、私たち。

　キリキリと痛む心が、今にも張りさけそうだよ。

「そっか。……気をつけてな」

　みーくんは笑った。

　それは、私が好きなものとはかけはなれていたけれど。

　私の様子をうかがいながら話すみーくんは嫌い。

　だけど、君をそうさせてしまっているのは、まぎれもなく私なんだ……。

　そう思うと笑い返すことすらできず、我慢の限界を迎えた私は、今度こそリビングを出た。

　病院で治療を受けたあと、なんとなくまっすぐ帰る気にはなれなくて、マンションの近くにある公園の木製のベンチに座った。

　冷たい風が肌を刺すけど、今の私にはそれくらいがちょうどいいのかも。

　かじかむ手に、そっと息を吐きだしてみる。

　薬、増えなくてよかった……。

病状も今のところは安定してるって藪内先生が言ってくれたことがうれしくて、本当は今すぐにでもみーくんに知らせたい。

「…………」

今頃、みーくんはなにをしてるのかな。

美紗さんと一緒にいるのかな。

「……っ」

なんで、こうなっちゃったんだろう。

なんで、気持ちを言葉にしちゃったんだろう。

なんで、なんでもなかったように、いつもの私たちではいられないんだろう……。

いろんな後悔が押しよせて、涙が溢れた。

「……大丈夫、ですか？」

冬の空気のように澄んだ声が、頭上から聞こえてくる。

条件反射で顔をぱっとあげると、ウェーブのかかった茶色い髪をうしろでひとつに束ねた女の人が立っていた。

「よかったら」

そう言って差し出されたのは、淡いピンク色のハンカチ。

断る理由もないので、ありがたくそれを受け取る。

「隣、いいですか？」

コクコクとうなずくと、彼女はやわらかく笑った。

この人、雰囲気が誰かに似てる……。

「……この街は、変わらないですね」

ぽつりとこぼされた言葉が、風に乗って私の耳に届く。

なんか……さびしそう……？

【以前、このあたりに住んでたんですか？】

　スマホの画面を向けると、彼女は少しとまどった様子を見せた。

【すみません。私、声を出すことができなくて】

「そうなんですね」

　事情を伝えた私に、彼女はふっと目尻をさげた。

「私じゃなくて、彼氏が。まぁ、"元"がつくけど」

　元彼……。

「ちょっと特別な関係で、私が彼の家を訪れることが多くて。この公園にもたまに来てたんです」

　彼女の整った横顔は、やっぱりどこかさびしそうだった。

「いろいろあって別れてからは、この街には極力近づかないようにしてたんですけど……近くに用事ができちゃって。数年ぶりに訪れたものだから、懐かしくなって、思わずここに」

　なんで別れちゃったんだろう……。

　この人は今もこんなにさびしそうなのに、どうしてふたりは手を離しちゃったんだろう。

「って、初対面なのにヘンな話しちゃってごめんなさい！あなたがあの頃の私に似てたから、つい」

　似てた……かぁ。

　この人も、私みたいにたくさん涙を流したのかな……。

　私の場合、想いが通じ合ってすらいないけれど。

　あぁ、なんか……自分で言ってて悲しい。

【いえ。ハンカチ、ありがとうございました】

今さらなのは重々承知で感謝を伝えると、彼女は優しく微笑んでくれた。

　そのおだやかな雰囲気が心地よかったのか、考えるよりも先に胸の内を明かしていた。

【私の気持ちは彼に伝えるべきじゃなかったんです】

　私たちのことを知らない相手だからこそ言える、弱音。

【そこに気持ちがないから、私たちの関係は成りたってたのに】

　うわ、ダメだ……。止まらない。

【隠しておくつもりだったのに。言うはずじゃなかったのに】

　後悔ばかりが、あとからあとから押しよせる。

　今のあの空気は、まちがいなく私が作りだした。

【勝手に嫉妬して不安定になって……あげく、ぐちゃぐちゃな想いをぶつけちゃって】

「本当に好きなんですね、彼のこと」

　ふわりと、やわらかな声が横から届いてくる。

　落としていた視線を向けると、彼女はそっと私の手を握ってくれた。

「現在進行形で大事だから、そんな風に悩めるんですよ。私はもう、彼のことで悩んだりできないから……」

　……まだだ。

　哀愁を感じさせる顔が、また誰かと重なった。

　遠い誰かじゃない。

　私の近しい人……。

【あの】

　ちがうって思いたい。

　そんな偶然、存在しないって思いたい。

　でも、胸のざわめきがやまないんだよ。

【失礼ですが、お名前をうかがってもいいですか？】

　お願い、ちがってて。

「ごめんなさい、まだ名乗ってなかったですね」

　たった２文字、それだけがちがえばいい。

「シホ。宮野志保っていいます」

　ちがえばよかった……のに。

　ふと、タカさんの言葉が脳内に響いた。

『彼女……志保さんと別れたあとのあいつには同情したし、かわいそうとすら思った』

　べつに、めずらしい名前じゃない。

　同じ名前でも不思議じゃない。

　だけど、私の中でバラバラだったパズルのピースが、カチリと音を立ててはまったのは、たぶん彼女……志保さんのまとう雰囲気が、みーくんと似ていたから。

「あ、そろそろ行かなきゃ。このあと、近くに住む友達の家にお泊まりする予定で」

　そう言いつつ、彼女はショルダーバッグの中からスマホを取り出して私に差し出した。

「ここで出会えたのもなにかの縁だろうし、よかったら名前と連絡先、教えてもらえませんか？」

　少し遠慮がちに訪ねてきた彼女を前に、抱いた疑問を確

信に変える余裕なんてなかった。

　連絡先を交換し、志保さんが去ったあとの夕日があたり
を赤く照らす公園で、私はぼうっと空を眺めていた。
　いろんなことを考えて、考えれば考えるほど、彼女がみー
くんの元カノなんじゃないかって結論に行きつく。
　もしふたりが、ばったり会っちゃったりしたらどうしよ
う。
　不安だけが募って、しだいに頭が痛くなってきた。
　だってみーくんたちは、きっと嫌い合って別れたんじゃ
ないだろうから。
　もし偶然に再会してしまったら、好きって気持ちが蘇っ
てしまうかもしれない。
　恋心をコントロールできないことは、私自身がよく知っ
ている。
「……っ」
　もしみーくんが私だったら、どんな選択をするのかな。
　引きとめる？
　それとも、背中を押す？
「…………」
　みーくんが私なら、きっと応援してくれる。
　自分のことなんて二の次。
　感情を押し殺して、そうすると思う。
　あくまで想像でしかないけれど、みーくんはそういう人
だから。

相手を思いやれるところに、私は憧れたんだ。
　だから私は……君と同じ道を選ぶよ。

　それから家に帰って、夕食を作りながらみーくんの帰り
を待った。
　しばらくしてバイトから帰宅したみーくんは、やっぱり
よそよそしくて、その態度が私の心を締めつけた。
　ずるずるとこんな空気のままいても、息が詰まるだけだ。
　これが最後になるかもしれない。
　覚悟を決めたはずなのに、そう思ったらやっぱりさびし
くなった。
「……なんかあった？」
　向かい合ってご飯を食べていると、ふいにみーくんが尋
ねてきた。
　ぱっと顔をあげると、彼は気まずそうに頭をかいた。
「俺が言うなって感じだけど……なんつーか、朝より元気
がない気がして」
　……なんで気づいちゃうかな。
　ギクシャクしてても、私の変化を悟ってくれるんだ。
　今はうれしいなんて思いたくないのに、うれしいよ。
　でも……甘えるのは最後にしなきゃね。
【聞きたいことがあるの】
　画面を見せると、みーくんは真剣な面持ちで箸を置いた。
「なに？」
【元カノさんの名前が知りたい】

想定外の質問だったのか、みーくんは目を剥いた。

「元カノって……なんでいきなり」

【お願い、教えて】

　震えていることに気づかれないよう、テーブルの下で手をぎゅっと握る。

　みーくんは困った顔をして、私から目をそらした。

「元カノって言ったって、誰のことを指してるかわかんねぇよ」

【みーくんがまっ先に思い浮かべた人だよ】

　逃げないで。

　元カノがたくさんいたとしても、今もみーくんの心に住むのは、ひとりだけでしょう。

　たったひとり、本当に好きだったと言った人。

「……宮野志保」

　偶然なんかじゃない。

　もうごまかしは通用しなくて、顔を背けることもできない。

　みーくんが優しく"志保"って言ったから、切なくて愛しくて、やっぱり涙が溢れた。

　私たちが出会ったことが運命だったとしたら、きっとふたりがまためぐり合うことも、はじめから決まってたんだ。

【今でも会いたいと思う？】

　言葉を重ねる私に、とまどった様子を見せるみーくん。

「なんで突然、そんなこと……」

　みーくんの言葉を遮って立ちあがった私は、近くの棚の

上に置かれていたペンとメモを取り、スマホと交互に見つめながらペンを走らせた。

「なにして……」

【あげる】

　差し出す、というより押しつけたのは、志保さんの番号とメールアドレスを書いた１枚の紙。

　それを手にしたみーくんは、怪訝そうな顔で私を見た。

「なにこれ」

【志保さんの連絡先】

「え……」

【みーくんの元カノだよ】

　頬を伝う涙を拭って、とまどうみーくんに向けて、口角をあげてみせる。

　弱虫で情けない私だけど、最後くらいは笑顔でいたいから。

【今日、たまたま近くで"宮野志保"さんに会ったんだ。まさかとは思ったけど、こんな偶然あるわけない】

「……同姓同名の別人じゃねぇの」

【別人なんかじゃない】

「なんでそこまで言いきれるんだよ」

　トーンが低くなり、心なしか冷たくなったみーくんの声色。

　だけど、今の私が怯むことはない。

　もう決意を曲げないと決めたから。

【志保さんが、みーくんに似てたから】

「……は？」

　意味がわからない、というように眉を寄せたみーくんの
返事を待たずに、言葉を続けた。

【今日私が会ったのは、みーくんが大好きだった人だよ】

「そんなわけ……」

【すごくさびしそうに、過去の恋人の話をしてくれた。きっ
と、志保さんもみーくんと同じ気持ちだよ】

　まだお互いの気持ちは繋がってるんじゃないかな。

　くやしいし、さびしいし、悲しいけど……そこに私はい
らないよね。

【今日はこの街に住む友達の家に泊まるって言ってた。会
うなら今だよ】

　今を逃せば、また志保さんはこの街を離れてしまう。

　だから、早く……。

「……杏奈は、それでいいんだな？」

【え？】

「俺が志保とやりなおすことになっても、泣かないんだ
な？」

　なに、それ。

【私がみーくんの背中を押すって決めたんだよ？　泣くわ
けないじゃん】

　そう言って、笑顔を向けた気でいた。

「……泣いてんじゃん」

　え……？

　みーくんは私に歩みより、そっと大切なものに触れるよ

うに、気づかないまま流れていた涙をすくってくれた。

「バーカ。無理してんじゃねぇよ」

　いつもより意地悪な、それでいて優しい笑顔を見せると、みーくんはメモを片手に自分のスマホを操作しはじめた。

　静かなリビングに、呼び出し音だけが虚しく響く。

「……もしもし」

　しばらくすると呼び出し音が切れ、みーくんが話しはじめた。

「……うん、俺。久しぶり。……まぁ、それはあとで説明すっから、今からうち来られる？　引っ越しとかしてねぇから」

　電話の相手は、きっと志保さんだ。

　会話は案外すぐに終わり、電話を切ったみーくんが私に向きなおる。

「すぐに来るって」

　え？

　い、今から……？

　想定外の展開に、思わずぽかんとしてしまう。

　そんな私の目を、みーくんがまっすぐに見すえる。

「隠さずに話そうぜ。思ってること、全部」

　覚悟を決めたようなみーくんの言い方に、私は小さくうなずいた。

　30分もしないうちに、インターホンが鳴った。

　みーくんが対応している間、いったん部屋に戻り、出会ってすぐの頃にみーくんがくれた香水を、少しだけふりかけ

た。

　ただの気休めかもしれないけど、勇気をもらえる気がしたから。

　ふたたびリビングに行くと、黒いソファに腰をおろしていた女性の視線が、私を捉えた。

「……そういうことね」

　彼女はふうっと息を吐いて、お茶を運んできたみーくんを見あげた。

　やっぱり、まちがいじゃなかった。

　彼女……志保さんは、みーくんの元カノだった。

「杏奈ちゃん、あんたの彼女だったんだ」

「べつに、彼女じゃねぇよ」

　眉根を寄せて、志保さんをにらむみーくん。

　私には絶対に向けられることのない表情だ。

「一緒に住んでるんでしょ？　あの辺の小物とか、雅の趣味じゃないじゃん」

　ぐるっと部屋を見まわして、志保さんはニヤニヤと笑う。

　みーくんの前だと、こんな感じなんだ……。

「もういいよ、見んなよ」

「はいはい。そろそろ本題に入りましょうか。……なんで私を呼んだの？」

　みーくんに手招きされ、私は床に腰をおろしたみーくんの隣に座った。

　私、邪魔じゃない？

　ここにいてもいいのかな……？

どうしたらいいかわからずにいる私をよそに、みーくん
が口を開く。
「はっきりさせたかったんだ。あのとき、お互いの気持ち
もろくに言えないまま別れたから」
「…………」
「付き合ってることが親父にバレて、無理やり引きさかれ
て……。俺の知らないところでも、お前にはたくさん迷惑
をかけたよな」
　みーくんと志保さんの話を聞いたとき、別れを余儀なく
されたってタカさんは言ってたけど……まさか、お父さん
が絡んでいたなんて。
　その絶対的な力に抗えず、ふたりはどれほど苦しんだの
かな。
　当時のふたりの気持ちを思うと、なんだか私が切なく
なった。
「それをずっと謝りたかったんだ」
　みーくんの謝罪に、志保さんは首を振った。
「それは雅が謝ることじゃない。たしかに苦しいこともたく
さんあったけど、すべてを捨てれば、雅のそばにいられ
ないこともなかった」
「そんなの……」
「自分の生活と雅を天秤にかけた私が悪いの。……雅を選
んであげられなくて、ごめん」
「いや、こっちこそ。幸せにしてやれなくて、ごめんな」
　まるでドラマのワンシーン。

こんなにも切なくて美しい再会、他にないよ。

「幸せだったよ」

「え……？」

「雅に包まれて過ごしたあの毎日は、本当に幸せだった」

　目を伏せた志保さんの目に、涙が光る。

　それをみーくんが拭うことはなかったけれど。

「雅、やわらかくなったね」

「……なんだよそれ」

「あの頃はもっと尖ってたよ。あんたを変えたのは誰？」

　志保さんの問いかけに、みーくんは顔をほんのり赤く染めながら頭をかいた。

「……べつに、変わってねぇよ」

「ま、雅の言うとおり、そういう子供みたいなところは変わってないかもね」

　遥香ちゃんといい志保さんといい、もしかしてみーくん、年上の女の人には強く出られない？

　今も、志保さんに対して困った笑みを浮かべている。

「そろそろ戻るね。友達、放置してきちゃったから」

「わざわざ来てもらってごめんな」

「いえいえ。私も話せてすっきりしたわ」

　私が手をこまねいている間にも、どんどん話が進んでいく。

　あ、あれ……？

　ふたりはヨリを戻すものだと思ってたんだけど……。

【志保さんは、みーくんのことが今でも好きなんじゃない

んですか？】

　画面を見せると、志保ちゃんは目をぱちくりさせて、次の瞬間、プッと噴きだした。

「ないない！　それだけは絶対にない」

【でも】

「公園ではあんな言い方したけど、それは綺麗にサヨナラできなかったことを後悔してたからで。気持ちはちゃんと吹っきれてるから」

「そういうことだ」

　重ねて、みーくんも言う。

　……ってことは、私が先走っちゃってただけ？

「また友人として会いましょ。杏奈ちゃんも一緒に」

　幸せになってねと言い、マンションをあとにした志保さんの甘い残り香が、部屋の中にふわっと広がった。

　予想外の展開に、頭が追いつかない。

　みーくんたちは、まだ未練を残したままだと思っていたから……。

「杏奈」

「……っ！」

　優しい声で名前を呼ばれて、背筋がピシッと伸びた。

　そんな私をよそに、薄い唇がそっと開かれる。

「杏奈に、どうしても伝えたいことがあるんだ」

　みーくんがあまりに澄んだ目で私を見すえるから、目をそらせなくなってしまった。

　ゆっくりと、みーくんが私との距離を縮める。

目の前に来たかと思うと、彼は私の頭に手を伸ばした。

　男らしい指が、私の髪をそっと梳く。

「栗色の長い髪、綺麗だな」

　甘く優しい声が胸に染みわたる。

【みーくんの髪の方が綺麗だよ】

　蜂蜜色の、私の光。

「そうか？」

【うん】

　一目でみーくんだってわかるその髪は、まっ暗な世界を照らしてくれる、道しるべ。

「無理にキスしてごめん」

「…………」

「杏奈が俺を好きだって言ってくれて、ほんとはすっげぇうれしかったよ」

「……っ」

　ほんとに……？

　私の気持ちは、迷惑じゃなかった？

「さっき志保が言ってたように、俺、杏奈に出会って変わったんだよな」

　君を、私が変えた……？

　みーくんの視線が、部屋全体に向けられる。

「この家も、俺自身も。だけど、あの頃の志保と同じ思いを杏奈にさせてしまうかもしれない……そう思うと、自分の気持ちを認められなかった」

「……っ」

「あんな風にぎくしゃくして、杏奈と離れたかったわけじゃ
ない。俺が弱かった」

　私だって、同じだよ。

　ほんとは、ふたりが復縁しなくてホッとしたんだ。

　みーくんだけが弱いわけじゃない。

　みんな平等に、弱さを抱えているんだと思う。

「臆病で、ふがいなくて。正直、自分に自信なんてない。
こんな俺でもいいのか？」

　そんなの、当たり前じゃんか。

　臆病だって、ふがいなくたっていい。

　それ以上にいいところがあるって、ちゃんと知ってるよ。

　いいところも悪いところも、全部含めて好きになったん
だ。

　笑ってうなずくと、みーくんは私を抱きよせた。

　その体は小刻みに震えていて、一歩前に踏みだすことへ
の彼の恐怖を私に伝えた。

「ありがとう」

「……っ」

「俺、もう逃げたくない。もしかしたら、また親父に邪魔
されるかもしんねぇ。……けど、もう自分の気持ちに嘘は
つきたくない」

　それって……。

　優しい手つきで、体が離される。

　そして……。

「俺、杏奈が好きだよ」

はにかんで、たしかにみーくんはそう言った。

　気まずさなんてどこかに吹っとんだ、私が大好きな笑顔。

　信じられない……。

　今まで私のことを妹としてしか見ていなかったみーくんが、私を好きだなんて……。

　どうして？

　いつから？

　聞きたいことはたくさんあるのに、言葉よりも涙が出てくる。

　こんなに人を好きになれるなんて、思ってもみなかったよ。

　胸いっぱいに溢れるこの想いを直接伝えたくて、声にならない声で「私も好き」と伝える。

　すると、みーくんが私の首を引きよせた。

　そしてそのまま、唇が重なる。

　昨日のとはちがう、確かな想いがこもったキス。

「俺……今すっげぇ幸せ」

　ゼロの距離でみーくんがうれしそうに言うから、どうしようもなく切なくて、だけどそれ以上に愛おしい。

　ふたたび「私も幸せ」と口で伝えると、みーくんは少年のようにくしゃっと笑った。

　それもつかの間、雨のような口づけが落とされる。

　されるがままだった私も、それに応えるようにゆっくりとみーくんの首へと腕を回す。

「杏奈」

甘く切ない、愛しい君のかすれた声。

　そのすべてを受けとめたくて、今度は私から唇を押しつけた。

　角度を変え、さらに深い口づけを交わす。

　まるでブレーキが壊れた車のように、私たちは加速し続けた。

　首筋を伝い、ゆっくりとみーくんの唇が触れる位置を変えていく。

「……っ！」

「嫌なら……嫌って言って」

　嫌なわけないじゃん。

　やっと、大好きな君と気持ちが繋がったんだよ。

【私の全部、みーくんにあげる】

　みーくんの茶色く澄んだ目が揺れる。

　どうやら、みーくんの方が動揺しているみたい。

「そんなこと言って……どうなっても知らねぇからな」

　とまどった様子のみーくんに笑いかけると、みーくんは私の唇に触れるだけのキスを落として、私を軽々と抱きあげた。

　そしてそのまま、モノトーンで統一されたみーくんの部屋へと連れていかれる。

「……本当にいいんだな？」

【いい、じゃなくて、私が望むんだよ】

　この選択を後悔する日なんて、絶対に来ないから。

「愛してるよ、杏奈」

第3章 ▶▶ 197

　大事な物を扱うように、そっと私をベッドにおろすと、みーくんは覆いかぶさるような体勢で私の唇をふさいだ。

　部屋の明かりは消されたままで、窓から差しこむ月の光だけが私たちを照らしている。

「……いい？」

　コクンとうなずいた私を見ると、みーくんはおだやかな表情を浮かべた。

　それもつかの間、下半身に走る痛烈な痛み。

　それでも、みーくんと触れ合えてうれしいって……肌を重ねられて、みーくんの愛を感じられて幸せだって思うの。

　君の五感すべてに、私を刻みつけて。

　たとえ、いつか別れが訪れても忘れないで。

　ここに、君をこんなにも愛した私がいたことを。

未来へ続く道しるべ

【杏奈side】

　翌朝、あまりの寒さに目が覚めた。

　みーくんの腕から抜けだして、体を起こす。

　窓に目をやると、外の景色を遮る結露が太陽の光を反射していた。

　ベッドの近くに転がっていたリモコンでエアコンをつけたあと、私の隣で寝返りを打つみーくんの髪をそっと梳く。

　染めてるのに、全然傷んでなくてうらやましいなぁ。

　眉もちゃんと染めてるんだ。

　まつ毛も長いし、文句のつけどころがないなぁ。

　幸せだなぁ、なんて考えながらみーくんの頭をなでていると、閉じていたはずのまぶたがパチッと開かれた。

　お、起こしちゃった……!?

「なに、可愛いことしてんの」

　布団の中からニヤニヤしながら私を見あげるみーくん。

　さてはみーくん、起きてたな！

【みーくんのいじわる！】

「べつに、いじわるしてるつもりはねぇよ」

【いじわるだよっ】

　むぅっとむくれてみせると、みーくんが困ったように笑う。

「好きだからじゃん」

あぁもう、なんなんですか。

　いちいち心つかまないでくださいよ、雅さん！

「杏奈は？」

【誘導尋問じゃん！】

「ははっ、そうかも」

　こんなベタ甘なみーくん、知らなかった。

　本当に気持ちが通じ合ったんだなぁって実感する。

　だからこそ、大事なことは文字じゃなくて声で伝えたい。

　大好きって気持ちが、全部君に伝わるように。

　失った直後以上に……今、声が欲しい。

　お願い、神様。

　今だけでいい。

　今だけでいいから、私に声をください……！

「……き、……よ」

　一瞬、自分の耳を疑った。

　ふたりしかいないこの部屋で聞こえた、みーくん以外の
声。

「杏奈……今の……」

　震える手で、自分の喉に触れる。

　たしかに聞こえた、失ったはずの私の声。

「もう一回、言って」

　目に大粒の涙をためたみーくんが、私の肩をぎゅっとつ
かむ。

　私のためにそんな顔をしてくれるみーくんへの、たった
ひとつの大きな気持ち。

「……み、くん……き……」

　涙が、奥から奥から溢れてくる。

　自分の声でみーくんに想いを伝えることは、叶わないと思っていた。

　だけど今、ちゃんと聞こえたよね？

　夢なんかじゃないよね……？

「みーくん、が、……すき」

　たしかに届いたよね、私の想い。

「俺も好き！」

　ついには涙で頬を濡らしたみーくんが、私の体を力いっぱい抱きしめた。

「ふぇぇ……っ」

　こらえきれなくなって、みーくんの肩に顔を埋めて泣いた。

　自分の声で自分の言葉を伝えられる。

　それがどれだけ幸せなことか、病気になって声を失うまで、気づけなかった。

　これ以上ない幸福が、私をいっぱいに満たす。

「杏奈の声、やっと聞けた……っ」

　耳もとで、うれしさをにじませたみーくんの声が響く。

　私のことでこんなに喜んでくれて、本当にありがとう。

　どんなに望んでも出せなかった声が、みーくんと想いが通じ合って出せるようになった。

　みーくんは、どこまで私を変えてくれるんだろう……。

　誰よりも優しいみーくんが、私の隣にいることが当たり

前になればいい。

　けど、当たり前にあることを、当たり前だなんて思っちゃいけないことも知っている。

　声を失ってよかったなんて思わないけど、声を失わなければ、いろんなことに感謝することもなかったと思う。

　こんな風に前向きに考えられるようになったのも、みーくんが私を変えてくれたからだよ。

「今日、病院行くだろ？」

　あり合わせの食材で作った朝ご飯を食べながら、みーくんが私に視線を向ける。

　今日は土曜日のため、みーくんの学校もお休み。

「うん。声が出るようになっ、たこと……言わなきゃ、だから」

　１年以上出すことができなかったからか、まだ声がかすれてしまう。

　そっと触れた喉から、震えが伝わる。

　それが、本当にうれしい。

「俺もついてくよ」

「ほんと？　あり、がと」

「杏奈が兄貴のところに行ってる間……俺は、親父に会ってくるよ」

　みーくんの一言で、おだやかだったその場の空気が一瞬にして張りつめる。

　……今、なんて？

誰に会うって言った?

「え……」

「俺も、ちゃんと親父とも向き合おうと思ったんだ」

「でもっ」

「心配すんな。大丈夫だから」

みーくんはそう言ったけど、やっぱり心配だよ。

だってみーくん、全然大丈夫そうじゃないんだもん。

「がんばっ、てね」

わかってても、他にかける言葉を見つけられなかった。

病院に着き、ロビーでみーくんと向かい合う。

「じゃ、終わったら連絡して」

「うん」

表情が晴れないみーくんの右手を取り、両手で包みこむ。

ひとりじゃないよって、私の力を分けてあげられるように。

どうか、みーくんが傷ついたりしませんように。

「……ありがとな、杏奈」

空いている左手で私の頭をくしゃくしゃとなでたみーくんは、名残惜しそうにしながらも踵を返して歩きだした。

人生にターニングポイントというものがあるのなら、私たちふたりのそれは今なんだろう。

思うことはいろいろあるけど、ふたりで乗りこえていかなきゃね。

今日は診察の予約をしていないので、藪内先生の診察時

間が終わるのを待った。

　そのあとの回診に行く前に、彼が必ず３階にある自動販売機でコーヒーを買うんだと、少し前に万里ちゃんに教えてもらった。

　案の定、藪内先生はそこに現れた。

「杏奈ちゃん!?」

　私を見るなり、藪内先生は驚いた様子でパタパタと駆けよってきてくれる。

　その様子は、ただ担当医だから、という理由だけじゃないように見えた。

「どうしたの？　今日、診察入ってなかったよね？　なにかあった？」

　あぁ、こんな風にまっ先に相手を思いやれるところ、みーくんそっくりだなぁ……。

「逆、です」

　かすれた声で言うと、藪内先生の目が大きく見開かれた。

「杏奈ちゃん、声が……！」

「今朝、突然……出るようになった、んです」

　私が言うと、藪内先生はうれしそうに笑った。

「よかった……。本当によかった……っ」

　泣き笑いする姿も、みーくんに重なる。

　ふたりが昔みたいに戻れる日が来ればいいのに……。

「薬物治療でも治らなかったのに、なんで急に……？」

　おとがいに手を当てて、考えこむ素振りを見せる藪内先生。

「薬物治療、って……？」

　なんのことだろう、と首を傾げると、藪内先生がはっとして私の顔を見た。

「そっか、杏奈ちゃんは聞かされてなかったんだよね」

　そう前置いて、藪内先生は予想外のことを話しはじめた。

「杏奈ちゃんの声が出なかったのは、精神的ショックや強いストレスによって引きおこされる失声症を発症していたからなんだ」

　失声症……？

　はじめて耳にするワードに、頭の中が散らかってしまう。

「俺の前……つまり、当時の担当医の先生と杏奈ちゃんのご両親が相談して、これ以上杏奈ちゃんにストレスを与えないように、病名を伏せて薬物治療をすることに決めたんだって」

　病名を伏せて……。

　手術のあとに退院してからふたたび入院するまでの間、たしかに私はいくつかの薬を飲んでいた。

　その中に、心の病気に対する薬も含まれてたってこと？

「それを飲んでなお、君の声は戻らなかったのに、どうしてこのタイミングで取りもどせたのか……。なにか特別なこと、した？」

　特別なこと……。

　甘いみーくんを思い出して、一気に顔が熱くなるのを感じる。

「え、と。みーくんに好き、って言い、ました」

「え……」

「それにみーく、んも応えて、くれて」

思わず口もとをゆるめる私をよそに、藪内先生の顔は険しくなった。

「もしかして今、あいつ来てたりする……？」

「え？　あ……はい。院長先生に会いにいくって」

藪内先生の顔から、血の気が引く。

「今は会っちゃダメだ……！」

普段はおだやかな藪内先生が、血相を変えて駆けだす。

ただごとじゃない気がして、そのあとを追いかけようとした、そのとき。

「……うっ」

鋭い痛みが頭に走った。

立っていられなくて、その場にしゃがみこむ。

最近、調子よかったのに……。

ついさっきまで幸せの絶頂にいたのに、一気にどん底に突き落とされた気分だ。

痛い。

苦しい。

つらい。

だけど、こんな姿を見られたら、みーくんの家から病院に連れもどされちゃう。

それだけは絶対に嫌だよ……。

私の頭痛が治まってから少しして、藪内先生と一緒に私

が待つ談話室に戻ってきたみーくんは、疲れきった顔をしていた。

とてもじゃないけど、「なにかあった？」なんて聞けなかった。

だけど、ふたりの様子を見て、なんとなく嫌な予感がしたの。

いいことばかりが続いたりしないことを、私は知っている。

第 4 章

同じ未来を

【杏奈side】

　2月の肌寒い日、私は体調を崩して、一緒に寝るようになったみーくんのベッドから動けずにいた。

　あの日以来、声は普通に出せるようになったものの、ガンッと頭を殴られたような激しい頭痛に見舞われることがときどきある。

　ここ最近、自分の中で異変が起こっていることは、自分自身が一番感じていた。

　それが、よくない変化だということも。

　幸せな時間が壊れてしまうのが嫌で、みーくんの前では極力笑顔でいるようにしている。

　藪内先生にもまだ伝えていない。

　再入院させられるんじゃないか。

　……そう思ったら、怖くて言えなかったんだ。

　体の調子がそんなだったから、この前会ったはずのみーくんとお父さんの間にどんなことがあったかも、まだ聞けていない。

　心配したみーくんは、学校を休んで看病すると言ってくれたけど、私はそれを頑なに拒んだ。

　今年の入試は見送り、1年浪人して大学入学を目指すと決めたみーくんの足を、引っぱりたくなかったから。

　だけど、強がってばかりもいられない。

ベッドサイドに置かれていた水を飲もうと体を起こすけど、視界が回って気持ち悪い。

「……っ」

今は何時？

みーくんはいつ帰ってくるの？

終わりの見えない苦しみの中で、愛しい人の存在だけが支えになった。

「みー、く……っ」

早く会いたいけど、弱った姿を見られたくもない。

でも、苦しいよ……。

ベッドの上でスマホが震える。

画面には、"志保ちゃん"の文字。

声が出るようになったことをいろんな人に報告した中で、私とみーくんが結ばれたことと重ねて、人一倍喜んでくれた志保ちゃん。

はじめこそ敬語だったけど、落ちつかないって志保ちゃんが言って以来、くだけた話し方をするようになった。

「……志保ちゃん」

スマホはすぐそこにあるのに、体が重くて応えられない。

ぷつんと切れた着信に、心の中で謝った。

どれくらい時間がたっただろう。

玄関が開く音がした。

バタバタという足音がして、みーくんが帰ってきたことだけは理解した。

「杏奈っ！」

　切羽つまったようなみーくんの声が、部屋いっぱいに響く。

　おかえり、みーくん。

　たったそれだけを口にしようとしても、意識が朦朧としてしまう。

「杏奈っ」

　みーくんが私の肩を抱く。

　どうやら私、リビングでうずくまってしまっていたらしい。

　そうだ。

　水を飲もうとしてここまで来たんだった。

「おい、杏奈！　しっかりしろ！」

「…………」

「救急車！　救急車、呼ぼう！」

　救急車……？

「や、だ……っ」

　かすみゆく視界の中、制止のつもりで彼の腕を弱々しく握る。

「やだって……なんで！」

「戻りたく、ないの……」

　病院に戻るのが怖い。

　今の日常が崩れるのが怖い。

「病院に戻っ、たら……みーくんといっ、しょにいられなく、なる……」

熱い涙が頬を伝う。

今、自分でも意味がわからないくらい、ぐちゃぐちゃだ。

「そう思ってくれるのはうれしいけど……自分の命を優先してくれよ！」

嫌だよ。

みーくんと離れたくない。

一緒にいるためなら、どんな痛みだって我慢するのに。

「どうせ、すぐおさま……る」

「だったら！　だったら病院でちゃんと検査受けて、またここに戻ってこいよ……！」

できないよ、そんな約束。

弱りきった今の私に、明日を信じる力なんかない。

「杏奈……！」

私の名前を呼ぶみーくんの声を最後に、意識は途絶えた。

あれから、どれくらい時間が流れたかなんてわからない。

重いまぶたをそっと開くと、目の前にはまっ白な世界が広がっていた。

そこが病室だと理解するまでに、そう時間はかからなかった。

戻ってきちゃったんだ……。

病室に他の人の気配はない。

ひとりってだけで、こんなに不安になる。

誰かがそばにいないってだけで、涙がにじんでくる。

なんで私は、こんなにも弱いんだろう……。

「杏奈ちゃん」

　気がつくと、カーテンの向こうに人影があった。

　目視しなくても、それが誰かはすぐにわかる。

「……藪内、先生……」

　ぽつりとその人の呼び名をこぼすと、彼がカーテンの向こうから姿を現した。

　普段は白衣を羽織っている藪内先生だけど、今はネイビーのコートを着ている。

　もしかして今日、休みだったのかな……。

「雅から連絡を受けて驚いたよ。救急車を呼ぶことを拒んだようだね」

「……それは」

「ご両親にも連絡しておいたよ。出先で、今日は来られないみたいだけど」

　パパとママにも……。

　ふたりの姿を脳裏に思い浮かべると、きゅっと胸が締めつけられた。

　真剣な顔のまま、藪内先生がふたたび口を開く。

「命に関わるかもしれないのに、なんで？」

　いつもより低い声が、彼が怒りを抱いていることを教える。

「限界まで我慢したようだけど、それを繰り返したら死に至ることもありえるんだよ」

　"死"……？

　このままだと私、死んじゃうってこと？

「今度こんなことがあれば、通院をやめてすぐに入院してもらう。わかったね？」

　私を思うからこその言葉だって、わかってる。

　だけど、素直にうなずくことはできなかった。

「嫌……です」

　私の発言に、藪内先生が眉根を寄せる。

　こんな藪内先生、見たことないよ……。

「……どうして？」

「病院にいたって、なにも変わらないじゃないですか！」

　私の病気を治すために力を尽くしてくれてる藪内先生に対して、絶対に言っちゃいけない言葉を言ってしまった。

　八つ当たりだって理解していたのに、止められなくて。

「病院にいたって、悪化するときは悪化する……。それなら、私はみーくんの隣にいたい」

　わかって、藪内先生。

　もう二度と、あんな孤独には包まれたくないの。

　みーくんといられるのなら、どんな痛みだって耐える。

　だから……。

「ダメだ」

　怒りを押し殺したような声で、藪内先生が私の意思を一蹴する。

　今まで感じたことのないような威圧感に、思わず身震いした。

「雅の前で倒れたら、どうするんだ？」

「そ、れは……」

「雅は医者じゃない。急な処置もできない、ただのガキだ」

　諭すように話す藪内先生の視線が、私を捉えて離さない。

「杏奈ちゃんはいいかもしれない。けど、遺される方はどうなるんだ？　大切な人が死んでいく苦しさを、またあいつに味わわせたいのか？」

　苦しそうにしぼりだされた言葉に、はっとした。

　藪内先生とみーくんは、最悪の形で母親を亡くしている。

　死への恐怖が人一倍大きいはずの彼らに、私はなにをしようとしたんだろう。

　あげく、それを藪内先生に言わせるなんて。

「絶対ダメ……ッ」

　私を好きだと言ってくれたみーくんを、ひとりにしたくない。

　ひとりになんて、できないよ。

「病気が少しでもよくなるように、俺もがんばるから……杏奈ちゃんも一緒にがんばろう」

　藪内先生がいつもの優しい声色でそんなことを言うから、あまりに身勝手だった自分が情けなくて……涙が溢れた。

　その後、泣きはらした目で点滴を打ってもらったあと、処置が終わるのをずっと廊下で待ってくれていたみーくんと帰路につく。

　倒れてしまったため、そのまま入院って言われるのかと思いきや、案外あっさりと帰宅の許可が出た。

第4章 ≫ 215

　病院からマンションまでの間、私たちの間に会話はいっ
さい生まれなかった。

　私が倒れたとき、君はどんな気持ちだったんだろうって
考えると、みーくんの顔をちゃんと見られなかったんだ。

　ちゃんと謝ることを心に決めて、家の中に足を踏みいれ
る。

　靴を脱ごうとした刹那、あとから家に入ったみーくんが
私を力強く抱きしめた。

「みー……く……」

「……っ」

　私の肩に顔を埋めたみーくんの嗚咽が、静寂に包まれた
空間に反響する。

　腕に込められた強い力に、あらためて痛感した。

　誰よりも大好きな人に、私はなんてことをしてしまった
んだろう……。

「ごめんなさい……っ」

　いくら苦しかったとはいえ、絶対に考えちゃいけないこ
とを考えた。

　生きることをあきらめようとしてしまった。

　それは、私の道を照らしてくれたみーくんへの、一番の
裏切りだったのに。

「……絶対許さねぇ」

「みーく……」

「俺の隣でずっと生きてくって言ってくれねぇと、絶対に
許さない」

どこまで考えて、その言葉を口にしたかはわからない。
　深い意味はないかもしれないけど、そう言ってくれたことがなによりもうれしいよ。
「生きるよ。みーくんのそばで、ずっとずっと生き続けたいよ……っ」
　病気なんかに負けたくない。
　ずっと、みーくんと笑い合っていたい。
　少し前までは真逆のことを考えていたのに、不思議だね。
　君と出会って、こんなにも見える世界が変わったんだ。
「杏奈」
　みーくんのかすれた声が耳もとで響く。
　心臓が早鐘を打ちはじめたのと同時に、唇が重なった。
　強引に奪うようなみーくんのキス、すっごく好き。
　右も左もわからなくなるほど、君からの愛情を感じさせてくれるから。
　ずっとずっと……こんな時間が続いてくれたらいいのに……。

　点滴のおかげでずいぶん楽になったとはいえ、まだ本調子じゃない私にかわって、今日はみーくんが夕食を作ってくれた。
　自分用にオムライスを、私には玉子粥を。
「食える？」
「うん。ありがとう、みーくん」
「ん」

みーくんが席に着いたのを確認して、手を合わせる。

「いただきます」

「どうぞ」

レンゲを使って、湯気の立つお粥を口に運ぶ。

その様子を心配そうに見ていたみーくんに、できる限りの笑顔を向けた。

「すっごくおいしい」

その言葉を聞いたみーくんは、安心したように息を吐いた。

「よかった。お粥なんて作るの、はじめてだったから」

「そうなの？　はじめてでこんなに作れるなんて、すごいよ」

「はは、そうかな。杏奈も今度作ってよ」

オムライスを頬張りながら、みーくんが上目遣いで言う。

それ、反則だってばー！

「また今度ね」

「ん。楽しみにしてる」

会話が途切れ、沈黙が流れる。

熱々のお粥に息を吹きかけながら、ふと頭の中にある疑問が浮かんだ。

そういえば……。

「今だから聞くけど……私とみーくんが想い合えば、私に火の粉が飛ぶって、どういう意味？」

突然の問いかけに、みーくんがゴホッとむせる。

「な……なんでそれ……」

「出会ってすぐの頃、みーくんと藪内先生が話してるのを聞いちゃったの」

盗み聞きするつもりはなかったんだけど、と付け足すと、みーくんは真剣な面持ちでシルバーのスプーンをお皿に置いた。

「……前にも話したとおり、うちはいろんな事業をやってるんだ。つまり、世間体をなによりも大事にしている。俺の交際相手が気に入らなければ、どんな手を使ってでも引きさく……。そういうことができる立場に、親父がいるんだ」

みーくんと志保ちゃんがどんな風に別れたのか、詳しくは知らないけど、話を聞く限り、そこにみーくんのお父さん……院長先生が嚙んでいることはまちがいない。

藪内先生とのあの会話は、志保ちゃんの一件があったから交わされたものだったんだろう。

みーくんの背負っているものがいかに重いものなのかを、あらためて思い知らされる。

「でも、心配すんな」

「え……」

「もし親父がなにかを仕かけてきたとしても、杏奈は絶対に俺が守るから」

まっすぐに、よどみのない目を私に向ける。

みーくんが未来を信じてくれるなら、私も信じるよ。

これから先もずっと、君がいる日常を生きていきたい。

薄紅色の誓い

【杏奈side】

　桜が咲き乱れ、すっかり暖かくなった春。

　一度はどうなることかと思ったけど、最近は頭痛の頻度も低く、体調も安定している。

　洗濯物を干しながら、教材と真摯に向き合うみーくんの背中を横目に見る。

　今月はじめに高校を卒業したみーくんは、来年度の入試に向けて猛勉強をしていた。

　浪人生って、思った以上に大変そう……。

　みーくんが大学受験を志願したはじめの理由は、私の声を取りもどすことだったけど、それが成しとげられた今も、みーくんの夢は続いている。

　高校生のときから続けている居酒屋のバイトと勉強の両立は、はたから見ても大変そう。

「コーヒーいれようか？」

「ん。頼む」

　視線をあげることなく、みーくんはペンを走らせ続ける。

　私の声が出なかったのは、過去の手術で声帯を取ってしまったからではなく、精神的ショックからくる失声症の一種だったと、後日あらためて藪内先生から聞かされた。

　みーくんへの想いを声で伝えたいと心の底から思ったから、声を取りもどすことができたんじゃないかって。

失声症だったと診断されたとき、一緒に聞いていたみー
くんが「やっぱり」という言葉をこぼしたのを、藪内先生
は聞きのがさなかった。

　その真意を問うと、みーくんはガシガシと頭をかきなが
らも口を開いた。

　クリスマスイブに遥香ちゃんが言った"メンタルの問題"
という言葉に、テレビかなにかで耳にしたことのある失声
症の可能性が思い浮かんだんだって。

　だからこそ、みーくんは心理学部のある大学を受けると
決めたんだと。

　今は、傷を抱えて苦しむ人々の心を少しでも軽くできる
ような臨床心理士になりたいんだって。

　夢に向かってがんばれるみーくんを、私はとっても誇ら
しく思うよ。

　声が出るようになったその日のうちに、自宅を訪れて家
族に報告すると、パパもママも柚葉も、みんなそろって涙
を流して喜んでくれた。

　自分のために泣いてくれる人がいる。

　それがうれしくて泣いてしまった私は、つい普段と同じ
ようにみーくんに体を預けてしまい、それを見た柚葉に私
たちの関係を気づかれてしまった。

　べつに隠すつもりはなかったけど、一緒に住んでいる手
前、なんとなく言いづらくって……。

　みーくんは怒られることも覚悟したみたいだけど、私の
声を取りもどしてくれたみーくんとの交際は家族から歓迎

され、共同生活もこのまま継続していいと許可をもらった
んだ。
　コーヒーの入ったマグカップをみーくんが勉強するテー
ブルに置くと、うれしそうに笑って頭をなでてくれた。
「サンキュ」
　マグカップを片手に、私の腰を引きよせるみーくん。
　このたくましい腕に包まれると、安心するんだよね。
「あー、杏奈抱いてると、ホッとする」
　息を吐きながらみーくんがそう言ったので、思わずプッ
と噴きだしてしまう。
　そんな私を見て、みーくんは不本意そう。
「……なんで笑うんだよ」
「あはは、ごめんごめん」
「ごめんじゃなくて、理由」
　あ、ちょっと拗ねてる。
　気持ちが通じ合ってから、みーくんはさらにいろんな顔
を見せてくれるようになったと思う。
　それを節々に感じるから、私はうれしいんだよ。
「同じタイミングで同じことを思ってたから」
　ね、と笑いかけると、みーくんは顔をまっ赤にして、困っ
たようにはにかんだ。
「ったく……どれだけ俺を喜ばせたいんだよ」
　えへへ。
　幸せだなぁ……こういう時間。
「ん」

口を突き出して、みーくんがふっと目を閉じる。

　甘えたいときの合図だ。

　みーくんの唇にそっと口づけを落とすと、みーくんは私を抱く腕の力を強めた。

「もう。苦しいよ」

「エネルギーチャージ中」

　う、やられた……。

　なんでこの人、年上のくせにこんなに可愛いんですか。

　誰か答えをちょうだい、答えを。

　なーんて考えることもあるけど、みーくんのこんな姿を他の誰かが知るのは嫌だなぁって思ったり。

　私、どんどん欲張りになっちゃってる？

「もう……」

　言いつつ、みーくんの広い背中に腕を回す。

　ベランダから差しこむ光が、暖かくて心地いい。

　みーくんのぬくもりを全身に感じていたそのとき、お昼に食べたチャーハンが突然、逆流してきた。

　うわっ、まずい……！

　とっさにみーくんを押しのけて、そのままトイレへと駆けこむ。

「うっ……」

　胃の中が空っぽになるまで吐く。

　それでも、むかつきは治まらない。

「……っ」

　なんで？

第4章 >> 223

　最近、体調は安定していたはずなのに……。
　へなへなとトイレに座りこむと、扉の向こうからみーくんの心配そうな声が投げかけられた。
「杏奈？　大丈夫か？」
「……うん、たいしたことないよ」
　嘘をついた。
　たいしたことなくなんて、ないのに。
　いずれ治まるのはわかってるから、吐き気自体はさほど怖くない。
　怖いのは、みーくんと過ごす幸せな"今"が壊れてしまうことだ。
「全然、大丈夫じゃねぇじゃん……」
　ガチャッという音とともに、扉が開かれる。
　ゆっくりと振り向くと、苦しそうに顔を歪めたみーくんが立っていた。
「みー、く……」
「お前の嘘くらい、すぐにわかるっての」
　その場にしゃがみこんで、ぎゅうっと抱きしめてくれる。
　さっきとはまたちがった触れ方で……。
　とたんに、堰が切れたかのように涙が溢れだした。
「大丈夫だから。……俺がいるから」
「っ……うん」
「吐き気だけか？　頭痛は？」
「ない……っ」
　まるで赤子をあやすかのように、みーくんが私の頭をな

でてくれる。

「大丈夫だから、ちょっと休んでこい。な？」

　促され、フラフラとした足取りでみーくんの匂いがする
ベッドに潜りこむ。

　ベッドサイドに腰をおろしたみーくんは、涙を止められ
ないでいる私に優しく微笑みかけてくれた。

「近々、桜見に行かねぇか？」

「桜……？」

　思いがけない提案に、私は目をぱちくりさせる。

　たしかに今、桜は満開を迎えている頃だけど……。

「ひとつ先の駅からちょっと歩いたところに、大きめの公
園があるんだよ。タカに、ちょうど今が見頃だって教えて
もらったんだ」

　私たちが今の関係になったとき、一番喜んでくれたのは
タカさんだった。

　勢いに任せて、みーくんに好きだという気持ちをぶつけ
た夜のせいで、みーくんとタカさんの仲に亀裂が入ったん
じゃないかって心配してたけど、いらぬ心配だったみたい。

　中学時代から続くふたりの絆は、ちょっと妬いちゃうく
らい強かったんだ。

　そんなタカさんが、私とみーくんのために教えてくれた
場所。

「……うん、行きたい。みーくんと一緒に、桜見たい」

　春には桜を、夏には向日葵を、秋にはコスモスを。

　冬は、そうだなぁ……ポインセチアなんてどうだろう。

第4章 ≫ 225

　春夏秋冬、四季折々の景色を、君と共有したい。
「じゃ、決まりだな」
　みーくんが指を絡ませてくる。
　その温もりに安心した私は、それからすぐに眠りについた。

　目が覚めると、窓の外は群青色（ぐんじょう）に染まっていた。
　リビングの方からトントンという規則的な音が聞こえてきたのでそっと扉を開けると、キッチンに立ったみーくんが顔をあげた。
「おはよ、杏奈。体調、少しはマシになったか？」
「……うん。でも、まだちょっと気持ち悪い」
　みーくんには申しわけないけど、部屋に充満する食べ物の匂いがきつい。
　こんなこと、今まで一度もなかったのに……。
「そっか。一応、晩飯作ってるけど、ゼリーとかの方がいいなら買ってくるから」
「ありがとう……。ごめんね」
　みーくんの優しさが身に染みて、また涙が溢れる。
　今日は、いつも以上に涙腺（るいせん）が弱い。
「あーもう、泣くなよ。謝らなくていいんだよ。お前のためにすることは、なにひとつ苦になんてならねぇんだから」
　カウンターの向こうにいるみーくんに、今すぐにでも抱きつきたい。
　こんなに私を大事に思ってくれる人、他にいないよ。

サバの塩焼きを作ってくれたみーくんだけど、今それを
口にするのは難しそう……。
　申しわけないと思いながらも、近くのコンビニでゼリー
を買ってきてもらうようにお願いした。

　みーくんが家を空けている間、ご飯の匂いが届かない自
室で彼の帰宅を待つ。
「あ、一番星」
　カーテンの隙間からのぞく星に、私は思わず声をあげた。
　雲ひとつない夜空にキラキラと輝くそれは、沈んだ私の
気分を少しだけ浮上させてくれる。
「……大丈夫」
　何度もその言葉を反芻し、自分に言い聞かせた。
　──ブー、ブー、ブー。
　グレーのカーディガンのポケットに入っていたスマホが
震えだす。
　誰だろ、とスマホを取り出すと "万里ちゃん" と表示さ
れていたので、画面をタップして応答する。
「もしもし」
≪もしもし、万里です。今、電話大丈夫かな？≫
「うん、大丈夫だよ。どうかしたの？」
　久しぶりに聞く万里ちゃんの声に、ホッと息を吐く。
　最近は、病院でも顔を合わせることがなかった万里ちゃ
ん。
　近いうちにご飯でも行こうね、なんて話していたけど、

まだ実現できていない。

≪彰との結婚式が再来月に決まったの！≫

「えっ」

　思いがけない報告に、ついベッドから腰を浮かせてしまう。

≪年明けは体調が優れなかったけど、最近は落ちついてたから。挙げるなら今かなって話になって≫

「すごい！　おめでとう！」

≪ありがとう。どうしても杏奈ちゃんに一番に報告したかったの！≫

　電話ごしでも、万里ちゃんのうれしそうな様子が伝わってくる。

　ずっと一緒に病気と闘（たたか）ってきた万里ちゃんと藪内先生だから、私まで幸せな気分になった。

「籍（せき）は？　いつ入れるの？」

≪私たちが付き合いはじめたのがちょうど来月だから、先にその日に婚姻届（こんいんとどけ）だけ提出しちゃおうって≫

「記念日かぁ。素敵だね」

　ふふ、と笑った万里ちゃんは、いったん間を置いて、ふたたび話しはじめた。

≪彰、言ってたよ。雅くんにも式に出席してほしいって≫

「え……」

≪お義父（とう）さんのこともあって、あんまり大きな声じゃ言えないけど、ずっと雅くんのことを気にかけてるの≫

　弟をよろしくね、と言った藪内先生の姿を思い出す。

万里ちゃんにこぼしたってことは、それがまぎれもない本音なんだろう。

　和解するだけなら、そんなに難しくないのかもしれないけど、ふたりには昔みたいに仲のいい兄弟に戻ってもらいたいよ。

≪あ、彰が戻ってきちゃったから、切るね。詳しいことは追って連絡するから≫

「うん！　わざわざ電話してくれてありがとう。幸せになってね」

　ありがとう、という万里ちゃんの言葉を最後に、通話が終了する。

　結婚かぁ。

　素敵だなぁ……。

　結婚なんてまだ遠いことだと思ってたけど、もう可能な歳なんだよね。

　いつか私たちにも、そういう日が来るのかなぁ……。

　その後、みーくんが帰宅し、買ってきてくれた桃のゼリーとオレンジを食べた。

　若干の気持ち悪さは残るものの、胃の中に食べ物を入れられたことで、ずいぶん気持ちが楽になる。

「明日の分も冷蔵庫に入ってるからな」

　私の頭を自分の肩に引きよせて、みーくんが言う。

　気を利かせてくれたのはうれしいけど、明日はそれを口にしたくない。

いつもどおり、みーくんと同じご飯を食べて、なんでも
なかったかのように、みーくんの隣で笑っていたいんだよ。

　翌朝、目覚めはそれほど悪くなかった。
　足取りはふらつくけど、昨日ほどひどくはない。
　あとは匂いだけだけど……。
　朝ご飯を作ろうと、おそるおそる冷蔵庫の野菜室を開け
る。
　あ、トマトがある。
　なんか今、無性に食べたいかも。
　まっ赤に熟したトマトを手に取り、物色を再開する。
　レタスもあるし、サラダを作ろう。
　みそ汁は昨日のが残ってるし、ご飯とだし巻きたまごが
あれば十分かなー。
　なんだ、結構大丈夫じゃん。
　なんて余裕を見せていたのもつかの間、卵を取るために
開けた冷蔵室がスイッチになった。
「……っ」
　無理だ、と悟った瞬間に、冷蔵庫の扉を勢いよく閉めた。
　おかげでトイレに駆けこむ事態は避けられたけど……。
　冷蔵室の匂いが、今の私にはダメだった。
「さすがにまずいよね……」
　明日の検診で、藪内先生に言わなきゃ。
　また薬増えちゃうかな。
　それは嫌だな。

「朝ご飯、作れないや」

　誰に向けるわけでもなく、乾いた笑いがこぼれてしまう。

　料理を断念した私は、ふらふらと歩いてソファへとたどり着く。

　そのまま、全体重をそこに預けた。

「杏奈？」

　頭上から降ってきた声に、私はふたたびまぶたを開ける。

「みーくん……。おはよう」

「おはよ。大丈夫か？」

「うん。でも、ご飯は作れそうになくて」

「いいよ、そんなの」

　まだ眠そうなみーくんが、その場にしゃがみこんで頭をなでてくれる。

　そんな彼に向けて、私は声をしぼりだした。

「桜……見に行こ？」

　言葉を受けて、みーくんが目を見開く。

「こんな状態じゃ無理だろ」

「大丈夫。私なら心配ないよ……」

　綺麗なものほど、寿命は短い。

　満開を迎えている桜も、きっとすぐに散ってしまうだろう。

「どうしても今日、みーくんと桜が見たいの」

　明日には、桜も私自身も、どうなっているかわからない。

　後悔しないよう、思ったときに行動に移さなきゃ……。

　重い体を持ちあげて、みーくんに笑いかける。

そんな顔しないでよ。

本当に大丈夫だから。

「……きつくなったら無理せず、すぐに言うんだぞ」

「うん」

「絶対だからな」

「わかってる。約束するよ」

きっぱりと言いきると、みーくんはホッとしたように息を吐いた。

お気に入りのローヒールのショートブーツを履いて、黒縁のダテ眼鏡をかけたみーくんと一緒に家を出る。

花粉対策なんだって。

可愛いよね。

「杏奈の手、ちっせぇよなぁ」

重ねた手をぶんぶんと振って、みーくんが言う。

いや、私が小さいんじゃなくて……。

「みーくんが大きいだけでしょ？」

「そんなことねぇよ」

暖かい日差しの中をこんな風に歩く姿は、他の誰が見たって、幸せそうなカップルにしか思えないよね。

さわやかな風が私たちふたりの間を通りぬけて、足早に駆けていく。

そういう、ありふれたことがとても愛おしく感じられた。

ひと駅分だけ電車で移動して、また少し歩く。

しだいに見えてきたのは、ひらひらと舞う薄紅色の花び

らたち。

「わ……っ！」

　公園の入り口に立ち、思わず声を漏らす。

　先の空を埋めつくすほど満開の木々が、私たちを出迎えた。

「綺麗……！」

　体調が悪かったことも忘れ、舞いおちる花びらをつかもうとする私。

　あ、あれ……？

　うまく取れない……。

　わたわたする私の姿を見て、みーくんがプッと噴きだす。

「あっ、笑った！　バカにしたでしょ！」

「してねぇよ」

「したよ！　顔が笑ってるもん！」

　口もとに笑みが浮かんでいることを指摘すると、みーくんが眉をハの字にして笑う。

「ほれた女の可愛い姿を見たら、誰だって笑うだろ」

　わ、激甘……。

　ボッと顔が熱くなるのを感じる。

　自分で言ったくせに、みーくんのほっぺも桜色。

「ほら、行くぞ」

　照れ隠しか、私の手を引いてみーくんが歩みを進める。

　歩くコンクリートの道には、カップルや老夫婦、赤ちゃんを連れた男女……私たち以外にもたくさんの人がいる。

　私が知ることのない物語がひとりひとりにあって、みー

くんの物語が私にとってそうであるように、きっとみんな
それぞれ、誰かにとって、なによりも大切なものだったり
するんだろう。

　一緒に生きていくって、たぶんそういうこと。

　桜の木の下にビニールシートを敷いて、腰をおろした。

　コンビニで買ってきたお弁当とゼリーもその上に転が
す。

　へへ、プチお花見気分。

「去年の今頃は、こんな風に桜を見あげることになるなん
て、想像もしてなかったなぁ……」

「俺も。杏奈がこんなに大事な人になるなんて、去年の今
頃どころか、出会ったときも考えてなかった」

「不本意だけど、同じかな」

　顔を見合わせて笑い合う。

　ふと、みーくんが桜を見あげて言った。

「杏奈って桜っぽいかも」

「どの辺が？」

「ふわふわして、すっげぇ綺麗で……。あ、でも一番は、
根強く生きてるところ」

「……それって、花じゃなくて幹の方だよね」

「ははっ、バレたか」

　いたずらな笑みを向けるみーくんを、じとっとにらんで
みるけど、効果ないんだろうなー。

　お弁当とゼリーを平らげたあと、私はみーくんに言われ

て彼に体を寄せる。

　そんな私の体をうしろからすっぽりと包みこんだみーくんの吐息が、首もとをくすぐった。

「そういえばね、万里ちゃんと藪内先生の結婚式が再来月に決まったんだって」

　意を決して、藪内先生の話題を出してみる。

　みーくんに出席してほしいって藪内先生の願い、叶えたい。

　なのにみーくんは、「へぇ」なんて気のない返事。

「なんで、そんなに興味なさそうなの」

「そんなこと言ったって……俺には関係ねぇもん」

　みーくんの素っ気ない返事に、ズキンと胸が痛む。

　今の言葉を藪内先生が聞いたら、どう思うだろう……。

　そう思うと、つい感情が高ぶった。

「関係なくなんか……！」

「あぁでも、関係なくはないのかな」

「え……？」

　耳もとで聞こえたおだやかな声が、ヒートアップしそうになった私を知らぬ間に制止する。

「杏奈に好きって伝えてから、もうすぐ３ヶ月だっけ？」

「うん、そうだよ」

　みーくんが私を好きだと言ったあの冬の夜を、私は死んでも忘れない。

「まだ３ヶ月しかたってないのか。……杏奈とは、もっと長い時間を一緒に過ごしてる気がしてた」

「ふふ、私もだよ」

　３ヶ月って期間じゃ表せないくらい、密度の濃い日々を過ごしたね。

　それは、今までの人生で一番、輝かしい毎日だった。

「さっき、杏奈がこんなに大切な存在になるなんて思ってなかったって言ったろ？　それは、まぎれもない事実だ」

「うん」

「でも、付き合う前から、杏奈には過去を打ち明けることができた。自分の一番触れられたくないところを、さらけ出せた」

「…………」

「本当は気づいてなかっただけで、心のどこかでは杏奈が誰よりも大切な人になるって、わかってたからなのかなって」

　みーくん……？

　うれしい半面、突然の告白にとまどう。

　振り返ってみーくんの表情を確認したくても、彼の腕がそれを許さなかった。

「これから何十年って続いていく人生の中で、杏奈以上の人が現れる気がしねぇんだ」

　みーくんが私と同じ気持ちでいてくれたことが、うれしい。

　私を暗闇から救ってくれた人。

　弱くて強い、誰よりも愛しい人。

　そっと、みーくんが私の体を解放する。

そしてふたたび腕が回されたとき、私は息をのんだ。

「今すぐじゃなくていい。杏奈の気持ちが俺に追いついてからでいいから……俺と結婚してくれないか」

みーくんの手には、ひとつの小さな箱。

その中で輝くシルバーの指輪が、これが夢じゃないことを教えてくれる。

嘘、これって……。

目の奥が熱くなって、涙が溢れてきた。

「本当に……私でいいの？」

「お前じゃなきゃダメだよ」

「いっぱい迷惑かけちゃうよ……？」

「お互い様だ」

みーくんの言葉が、私をこんなにも幸せにしてくれる。

不器用に私を愛してくれて、私も不器用なりに君を愛していて。

君にめぐり合って恋に落ちて、プロポーズまでしてくれて。

今この瞬間、世界中の誰よりも幸せだって自信あるよ。

「気持ちなんて、とっくに追いついてる……っ」

みーくんの隣で生きていきたい。

そう思ったときから、きっと気持ちは同じだった。

ずっと、みーくんのそばにいたい。

これから先、みーくん以上の人なんて、現れるはずないよ……。

今度こそゆっくりと振り返ると、目をまっ赤にして頬を

涙で濡らしたみーくんがいた。

「見るなよ……っ」

　手で顔を隠すみーくん。

　こんなに綺麗な涙なのに、なんで隠しちゃうの。

「ねぇ、みーくん。指輪、はめてほしいな」

　キラキラと光を放つ指輪を指さしながら言うと、みーくんがそっと私の左手を取る。

　そして箱から抜きとったそれを、私の指にはめてくれた。

「へへっ」

　薬指に触れる冷たい感触に、また涙がこみあげてくる。

　こんなに高そうな指輪、もらっていいのかな。

　バイト、無理してない？

　頭の中にたくさんの心配が浮かぶけど、それらは全部心に留めておいた。

　口にしたら、せっかくのムードをぶち壊しちゃうもん。

「付き合うだけじゃ飽きたらずに婚約までするなんて、杏奈の親にちょっと負い目を感じるな」

「そ、そんなの……！」

「でも、誰になんと言われようと、絶対に離したりしない。愛してるよ、杏奈」

　そっと重なった唇は、少しだけ震えていた。

　本当は、怖くて怖くてたまらなかったのかもしれない。

　みーくんは大切な存在を作ることを恐れていると、タカさんは言った。

　家族なんてその典型。

踏みだすのに、どれだけの勇気を要したのかな。

みーくんが運命の相手かなんて、わからない。

だからこそ、時間をかけて証明していこう。

いつか訪れる別れの瞬間に、この人が運命の相手だったと思えるように。

雪解けの音

【杏奈side】

　プロポーズから一夜明け、私は検診のために病院を訪れた。

　診察室に呼ばれて足を踏みいれると、藪内先生が私の左手を見て目を見開いた。

「それ……雅から？」

「えへへ。そうです」

　荷物入れのカゴにカバンと春物のコートを入れつつ、口もとがゆるむのを感じる。

　普段からつけるのは、わざとらしいかな、と迷っていた私に、みーくんが「つけとけ」って言ったんだ。

　みーくんてば、結構、独占欲が強いんだよなぁ。

「昨日、言ってくれたんです。結婚してくれって」

「へぇ……あいつが」

　藪内先生が、興味深そうに体を乗りだす。

「時期とかはまだ決まってないけど、近いうちにしようねって話してて」

「そっか……。よかった」

　ふぅ、と安堵したように息を吐いた藪内先生。

「藪内先生も決まったんですよね、結婚。おめでとうございます」

「ありがとう。万里から聞いたの？」

「はい。とってもうれしそうでしたよ」

　私の言葉を聞いて、藪内先生が表情をやわらげる。

「どっちの入籍が先になるだろうね」

「あはは、どっちですかねー」

　和やかなムードで始まった検診。

　だけどそれは、長くは続かなかった。

「数日前から吐き気が続いている、と。いつもの頭痛は？」

「ときどきあるけど、今は吐き気の方がきつくて、あんまり気になりません」

　伝えた症状をカルテに書いていく藪内先生の顔は、さっきとは打って変わって険しいものになっている。

「どういうときに吐き気を強く感じる？」

「えっと……食べ物の匂いがするときです」

「……月経は？」

「そういえば……しばらく来てません」

　私の回答を聞けば聞くほど、藪内先生の眉間のシワが深くなっていく。

「……ちょっと待ってて」

　そう言って、席を立った藪内先生。

　嫌な予感が胸に広がった。

　不安を抱えてうつむいていた私のもとに、藪内先生が戻ってきた。

「ごめん、お待たせ。ここからは俺の専門外になっちゃうから、今手空きの医師がいないか確認してきたんだ」

「え……」

「連絡したら、すぐに来られるって。優しい女の先生だよ」

　頭の中に、いくつものハテナが生まれる。

　藪内先生はなにを言ってるの……？

　すると、3分もたたないうちに、診察室の扉が外からノックされる。

　藪内先生が短く返事すると、なんのためらいもなく扉が開けられ、白衣を着た年配の女の人が姿を現した。

「山根先生。すみません、急に無理言って」

「無理だなんてそんな」

　山根先生と呼ばれたその人はにこやかな笑みを浮かべ、私に向きなおる。

「あなたが鳥越杏奈さんね。はじめまして、産婦人科医の山根です」

　……え？

　はっきりと聞きとれたはずの言葉が、うまくのみこめない。

　"サンフジンカ"って、なんだ？

「杏奈ちゃん、落ちついて聞いてね。今の杏奈ちゃんの状態を聞く限り、妊娠の初期兆候……つわりの可能性が高いと、俺は考える」

　妊娠……？

　私が……？

「詳しく検査しないことにはわからないけど、今のところは私も同じ判断よ」

とまどう私に、山根先生が続けた。

薬の影響で遅れたりすることもあったから気にしてなかったけど……生理ずっと来てなかったなー、なんて他人事のように考える。

みーくんと夜をともにして、約3ヶ月。

新しい命をこの身に宿していても、不思議じゃない。

「検査をしておいで、杏奈ちゃん」

藪内先生に言われ、山根先生とともに産婦人科のある病棟に移動していろんな検査を受けた。

すべてを終えたあと、診察室で私と向かい合う山根先生は、真剣な顔のまま言った。

「産む意思はありますか？」と。

その言葉が、妊娠しているという現実をなんの遠慮もなく突きつける。

「…………」

あまりに突然のことに、頭が完全にショートした。

手放しにおめでとう、と言わなかったのは、私が病気を患っていることを知っているからだと思う。

だから、産むか否かの選択を第一にしたんだ。

たくさんの考えが、頭の中をぐるぐると駆けめぐる。

私、病気なんだよ？

これからも治療していかなきゃいけないんだよ？

みーくんだって受験に向けて必死に勉強してるし、経済的な問題もある。

パパとママだって、なんて言うか……。

冷静になれば、産むことが正解だとは思えない。

だけど……堕ろすなんて私にはできないよ。

病気だからこそ、命の尊さを知っている。

この世界に生きる幸せを知っている。

なにより、家族の温かさを知らずに育ってきたみーくんに、新しい家族を作ってあげたい。

もし私になにかあって、死んじゃうようなことがあったとしても、みーくんがさびしくないように。

まだ平坦なお腹を、そっとさすった。

さわっただけじゃわからないけど、たしかにここにある新しい命。

この子の人生を、始まる前に終わらせるなんてできない。

「……産みたい、です」

母親になるなんて、まだ実感がない。

だけど、こうしているうちにも、お腹の中のこの子は確実に育っていて、必死に生きようとしている。

そう思うと、ひどく愛おしい存在に思えた。

山根先生に深々を頭をさげ、ふたたび藪内先生が待つ診察室に戻る。

検査結果と産みたいという意思を藪内先生に伝えると、彼は深く息を吐いた。

「杏奈ちゃんの主治医としては、喜ばしくはないね」

「……っ」

「でも、ひとりの人間としては……雅の兄としては、本当にうれしい。おめでとう」

　反対されると思っていたから、びっくりした。

　"おめでとう"という言葉が聞けるなんて……。

「でも、まずは雅とご両親への報告だね。未成年で病気を治療中の杏奈ちゃんの意思だけでは、さすがに俺たちも動けないよ」

　たしかにそうだよね。

　私の一存で決められるような、そんな簡単な話じゃない。

「自分の気持ちをきちんと伝えたうえで話し合って、結局どうするのか。その答えが出たら、すぐに教えてほしい」

「……はい」

「がんばって。たとえ、どんな結論に行きついたとしても、全力でサポートするからね」

「藪内先生……」

　わがまま言ってごめんなさい、とこぼすと、藪内先生はなにも言わずに、ぽんぽんと頭をなでてくれた。

　すっかりあたりが暗くなった頃、病院を出た。

　家に帰ったら、みーくんに打ちあけよう。

　そう心に決めていた。

　……のに。

「おかえり。行くぞっ」

　なぜか玄関の前に立っていたみーくんが、帰宅した私の手を引いて歩きだす。

「え……ちょっと、どこ行くの!?」

「杏奈の実家」

「へっ!?」

「親御さんへのあいさつ、早い方がいいかなって思って」

　婚約までしたことで、うちの親に対して負い目を感じるって昨日言ってたけど……今からなんて嘘でしょ!?

「ちゃんとつかまってろよ」

　ひょいっと抱きかかえてバイクのうしろに乗せられ、エンジンがかかる音がする。

　えっ、ちょっと待ってみーくん！

　本当に行くんですか!?

　義理堅いところはとっても好きだけど、お願いだから先に私の話を聞いて！

　まだ妊娠したことも伝えられてないのにー！

　心の中で叫び続けた願いは届かず、気がつくと私たちは実家のリビングにいた。

「久しぶりだな、雅くん」

「ご無沙汰してます」

　ダイニングテーブルの向かいに座るパパとママが、優しく微笑む。

　柚葉は友達の家に行っていて、不在らしい。

　妊娠のことを知らないみーくんが、同じくなにも知らない自分の両親に、結婚のあいさつをしようとしてる……。

　過去最大級の居心地の悪さだ。

「元気にしてた？」

「はい、おかげ様で。そちらもお変わりないですか」

「えぇ」

　今から大切な話をするっていうのに、なんでみーくんはそんなに冷静なの！

　にこやかなムードの中で交わされる会話に、私はなかば逆ギレ状態。

　余裕ないママでごめん、赤ちゃん。

「それで、今日はどうしたんだ？」

　パパが切りだすと、場の空気がピシッと引きしまる。

　とたんに暴れだす心臓は、ドキドキなんて可愛いもんじゃない。

　今にも飛び出しそうなほどバクバクしている。

　ガタッという音を立てて、みーくんが席を立つ。

　そして、勢いよく頭をさげた。

「杏奈さんを、僕にください」

　すべての音がこの世界から消えた。

　そう思うほどの静寂が、部屋を包みこむ。

　それくらい、みーくんの一言は部屋中に衝撃を与えた。

「それは、結婚ということか……？」

「そうです」

　体勢はそのままに、みーくんがきっぱりと言いきる。

　パパは動揺した様子で、首を何度も左右に振った。

「せ、せめてピアスを外して、髪を黒くしてから来なさい！」

　たしかに、みーくんの髪は相変わらずの金色。

耳にはピアスが光っている。

親からすれば、そのままで結婚のあいさつに来るのは、おかしいのかもしれないけど……。

「戻さなくていいよ！」

つい、口をついて出た言葉。

どうしても、言い返さずにはいられなかった。

「なに……？」

パパの眉が寄せられたのがわかったけど、気に留めずに話を続ける。

「みーくんの金色の髪もピアスも、全部ひっくるめてみーくんが好きなの。だから、戻す理由なんかどこにもない」

私の言葉に驚いた様子で、みーくんが顔をあげる。

パパたちも同じように私を見た。

大切だからこそ、私の大好きなみーくんを否定しないで。

「……わかったよ。だが、杏奈は今病気と闘ってるんだぞ？なにかあったとき、君に責任が取れるのか？」

「それはっ！」

ふたたび声を荒らげた私を、みーくんのたくましい腕が制止する。

「自分がまだ子供だということは、ちゃんと理解してるつもりです。責任だって、果たせるとは言いきれません」

でも、とみーくんが言葉を続ける。

「杏奈さんを想う気持ちだけは、誰にも負けない自信があります。彼女が苦しいとき、一番にそばにいて支えたいんです」

みーくん……。

　まっすぐな視線をみーくんに向けられ、参ったというように頭をかいたパパ。

「雅くんのことを信用していないわけじゃないんだ。杏奈は今、幸せか？」

「うん、私はとっても幸せだよ」

「雅くん。杏奈を、もっと幸せにすると誓えるか？」

「はい、誓います」

　みーくんは真剣な目でパパを見つめ、パパもまた、みーくんを見ていた。

「雅くんのご両親はなんて言ってるの？」

　それまで黙っていたママが口を開く。

　さすがと言うべきか、みーくんにとって一番痛いところをついてきた。

「母は他界していて、父とは、数年前に家を出てからほぼ絶縁状態です。結婚の報告もしていません」

　昨日、みーくんの実家にもあいさつに行きたいって、何度も言おうか迷ったけど、あきらかに触れられたくないオーラを出していたみーくんに、私はなにも言えなかった。

　だから、この話をされるのは怖かったんだけど……。

「報告に行きなさい、雅くん」

　鋭いママの言葉が、私たちふたりに投げかけられる。

　横目に見たみーくんの表情も、いつの間にか強ばっていた。

「それは……」

第4章 ≫ 249

「ちゃんと向き合うべきよ。たとえ追い返されたとしても、
はじめから行かないよりはマシだわ」

　隣から伸びてきたみーくんの手が、私の手をぎゅっと握
る。

「わかりました」

　はっきりと言いきったみーくんだけど、重なった手は震
えていて、汗ばんでいる。

「みーくん……」

「大丈夫だから。心配すんな」

　そう言って笑みを向けてくれたけど、本当は怖いんで
しょう？

　本当は、大丈夫なんかじゃないでしょう？

　私を頼っていいんだよ。

　人を頼っていいんだよ。

　みーくんを大切に思う人は、君が思う以上にたくさんい
る。

「雅くんは今、浪人生でしょ？　経済的にも、杏奈を支え
ていくのは厳しいんじゃない？」

　さすがはママ。避けては通れない問題を挙げてくる。

「バイトを増やして、それでも足りない分は今までの貯蓄
を切りくずします」

「バイトを増やすって……勉強はどうするんだ？」

　パパが怪訝そうに顔をしかめる。

　たしかに。

　ただでさえ、今でも大変そうなのに……。

「必ず、両立してみせます」

「そう言うのは簡単だけど……」

　言葉をにごすママ。

　パパも、気難しそうな顔をしている。

「やっぱり、結婚はもう少しあとでもいいんじゃない？　せめて、雅くんの受験が終わってからでも……」

「それじゃダメなのっ」

　重苦しい空気が流れていた部屋に、私の声が響く。

「そんな先の未来、私には約束できないもん……！」

「杏奈、なに言って……」

　みーくんが私の腕をぎゅっとつかむ。

　こんな言葉、みーくんに聞かせたくなかったよ。

「自分が今すぐ死ぬとか、そんなこと考えてない。だけど、私の未来は同じ年齢の普通の女の子よりもずっと、不確かなことも事実なんだよ」

　だからこそ、みーくんに照らし続けてほしいのに。

「あのときこうしていればよかったって、あとになって後悔するのは嫌なの」

　こんなときでも泣いてしまう私の顔を見られたくなくて、思わずうつむく。

　これでも届かなかったら……。

　そう思うと、怖くて指先が震えた。

「……この道を選んで、後悔しないって言いきれるのね？」

　その言葉にぱっと顔をあげると、ママと視線が絡んだ。

「うん。言いきれるよ」

迷う余地もない。

みーくんの隣を選んだことを後悔する日なんて、絶対に来ないよ。

「だったら、杏奈の思うとおりにすればいいって私は思うんだけど……パパはどう？」

ママが視線をやると、パパがあわてて反応する。

「正直、結婚はまだ早いと思う」

「……っ」

「でも、杏奈と雅くんの気持ちが真剣なんだってことは、ちゃんと伝わったよ」

「パパ……」

ふうっと息を吐いて、パパがみーくんに向きなおる。

「未熟な娘だけど、よろしく頼むよ」

パパの一言に、みーくんが目を剥く。

そして、目いっぱいに涙をためて、ふたたび頭をさげた。

「ありがとうございます……！」

「礼を言うのはこっちの方だ。杏奈を笑顔にしてくれてありがとう」

パパもママもみーくんも、みんな私のかけがえのない人。

こんな私を愛してくれて、私も愛していて……。

そんな3人の血を引く子が、私のお腹に存在する。

……言わなきゃ。

言って、出産を認めてもらわなきゃ。

「今日、検査してもらってわかったんだけど……」

すべての視線が私に集まるのがわかる。

声も手も、体のすべてが震える。

　怖い。

　逃げだしてしまいたい。

　だけど3人が私の言葉を待ってくれるから、私も腹をく
くった。

「お腹に、赤ちゃんがいるんだって」

　みんながみんな、そろって目を丸くする。

　息さえも止まってしまっているんじゃないかと思うくら
い、みーくんは固まっている。

　そりゃ、びっくりするよね。

　ごめんね、先に言えなくて。

　パパなんて口まで開いてるよ。

「私、産むからね。なにがあっても、絶対に産むから」

　言いきった私に、ハッとしたパパが表情を険しくする。

「ちゃんと考えたのか？　子供を産んで育てるってことは、
簡単じゃないんだぞ」

「ちゃんと考えたよ。子供を育てる大変さもわかってるつ
もり」

「病気のこともあるじゃない。もっと慎重に……」

「病気だから産みたいんだよ！」

　つい、声を荒らげてしまう。

　大切な人たちに、この決意を否定されてしまうのが怖い。

「いつ病状が急変するかわからない私が、形にして遺せる
のはこの子だけだから」

　死ぬだなんて思ってない。

第 4 章 ≫ 253

　生きることをあきらめちゃいない。

　だけど、先になにがあるかなんて、わからないのもまた
事実。

「お願いします。産むことを許してください」

　今度は私が、深く頭をさげる。

　近い将来生まれてくるこの子は、私が生きた証になる。

　私の姿形がなくなっても、この子がかわりに輝き続けて
くれると思うの。

「……産んでよ」

　それまで黙りこんでいたみーくんは、私が最も欲しかっ
た言葉をくれた。

　顔をあげると、みーくんが私の肩を抱いてくれる。

　みーくんなら、私の気持ちを理解してくれると思ってい
た……。

「雅くんまで……！」

「俺たちはまだ未成年で、非常識だってことも重々わかっ
てます。でも、杏奈のお腹の中で芽生えた命を、俺たちの
勝手で絶つことなんてできません」

　ぎゅっと、手に力が込められる。

　お母さんを自殺で亡くしたみーくんのその言葉は、とて
も重く感じられた。

「…………」

　パパもママも、眉間にシワを寄せて考えこんでしまう。

　なんて言われちゃうかな。

　答えを聞くのが怖くて、服の裾をぎゅっと握る。

しばらくの沈黙のあと、パパがそれを破った。

「俺は……杏奈たちが幸せで、孫の顔を見られるなら、それでいいかな」

「……そうね。授かった命を捨てろだなんて、親である私には言えないわ」

「パパ……。ママ……」

涙がふたりの姿を隠す。

「絶対に無理はしないこと。つらくなったら、すぐに雅くんに言うこと。約束できる?」

ママの問いかけに、私は何度もうなずいた。

最後まで深々と頭をさげ続けたみーくん。

私たちが家を出る頃には、おだやかな雰囲気に戻っていた。

話をするなら早い方がいいとママが言ったので、私たちはその足で、隣町にあるというみーくんの実家へと電車で向かった。

まだお腹も出てないし、バイクでも平気だよって言ったんだけど、妊婦の自覚を持ってって叱られちゃった。

相変わらず、過保護だなぁ。

駅から15分ほど歩いた閑静(かんせい)な住宅街に、みーくんの実家はあった。

お、大きい……。

お金持ちなことは知っていたけど、想像以上の大きさだ。

軽く、うちの3倍はありそう……。

第4章 ≫ 255

　建つ、というより、そびえたっているお家に怯む私をよ
そに、門のそばに設置されたインターホンをみーくんが鳴
らす。

『どちら様ですか』

　すぐに応答があった。

「雅です。親父はいますか」

『つい先ほど帰宅されました。少々お待ちください』

　インターホンごしにみーくんが会話していたのは、女の
人。

　もしかして、お手伝いさんってやつですか。

　門が大きすぎて、ここからじゃ家自体が見えないし、みー
くんのいる世界ってときどき別次元だよ……。

　しばらくして、ガチャリという音とともに男の人が門の
向こうから姿を現す。

「去年の夏に会った以来だな。相変わらずそんな格好をし
てるのか」

　何度か病院内で見かけたことがあるけど、そのときの院
長先生からは想像もできないほど低く発された言葉に、違
和感を覚える。

　夏以来って……私の声が戻った日、みーくんは院長先生
に会いにいっていたんじゃないの……？

　そんな疑問を抱いている暇もなく、みーくんが言う。

「親父に報告があって来た」

　ぎゅっと、私の手を握る力が強くなる。

　大丈夫、ひとりじゃないよ。

そんな思いを込めて握り返すと、みーくんが口を開いた。
「俺たち、結婚することになった」
　見開かれた院長先生の目が、私を捉える。
　ほぼ条件反射で頭をさげると、院長先生の眉間に深いシ
ワが刻まれた。
「君は……」
「鳥越杏奈です。いつもお世話になっています」
　名前と顔が符合したらしい。
　院長先生が短く声をあげる。
「杏奈の腹の中には、子供もいる。早いうちに入籍して、
ふたりで育てていくつもりだ」
「なっ……！　お前はなにを考えてるんだ！　鳥越さんの
体のこともあるだろう!?」
　冷静沈着だった院長先生の声が、一帯に響く。
　それでも、みーくんは淡々と話した。
「わかってるよ。それでも、杏奈は産みたいって言ってく
れてるんだ」
「なに……？」
「杏奈が子供を守ってくれるなら、俺はそんな杏奈を全力
で守りぬく」
　臆することなく、きっぱりと言いきったみーくん。
　ほんの一部ではあるものの、ふたりの確執を知っている
からこそ、その言葉に込められた意味を理解することがで
きた。
　自分は、あなたとはちがう。

第 4 章 >> 257

　……そう言いたいんだよね？
「……勝手にしろ。俺はもう、うちの人間じゃないお前の
することに口出しはしない」
　この機会に和解することができたら……。
　そんな願いを、院長先生はいとも簡単に打ちくだく。
　突き放すような冷たい声で、院長先生はみーくんを一蹴
した。
　流れる空気の重さが、ふたりの闇の深さを物語る。
　怖い。
　だけど、このチャンスを逃すわけにはいかない。
　ふたりをなんとかして和解させたい。
　大好きな人とそのお父さんの仲が最悪なままなんて、そ
んなのやだよ。
「みーくんは、ちゃんと藪内家の人間です。院長先生の息
子の、藪内雅です」
　涙をこらえ、必死に声を振りしぼる。
　みーくんと院長先生が、びっくりした様子で私を見てい
た。
　顔だってこんなにもそっくりなのに、どうしてふたりは
わかり合えないんだろう。
「鳥越さんにはわからないだろうが、私たちはとっくの昔
に縁を切ったんだ。唯一の繋がりといえば、血くらいだよ」
「だったら！」
　喉の奥が熱い。
　恐怖で、今にも膝から崩れてしまいそう。

それでも、言わずにはいられなかったの。
「だったら……なんでいまだに、みーくんの口座にお金を振り込んだりしてるんですか」
　去年、みーくんが現在進行系で言っていた言葉を思い出す。
『振り込まれてくる金なんて、どうせ使わねぇんだし』
　それって、今もみーくんの生活を支えようとしてるってことだよね？
　みーくんが金銭面で困らないように。
　好きなことを、思う存分できるように。
「本当は、みーくんのことが大事なんじゃないんですか？」
　いろんな親子の形がある。
　お互いが憎くて仕方ない人たちだっていると思う。
　かつては私もそうだった。
　だけど、今は後悔してるの。
　あの頃、どうしてパパたちの愛情に気づけなかったんだろうって。
　どうして、ちゃんと向き合おうとしなかったんだろうって。
「生きていれば、必ずやりなおせる。相手がこの世にいるのに、逃げちゃうのはもったいない。……これは、みーくんの言葉です」
「杏奈……」
「お母さんを亡くしたみーくんに、同じ後悔をさせないであげてください……！」

第4章 >> 259

　お願いします、と頭をさげると、頭上で院長先生がため息をついたのがわかった。

　これでもダメなの……？

　ぎゅっと目をつむった私の肩に、みーくんのものではない手がそっと置かれる。

「顔をあげなさい」

　言われるまま、おそるおそる体を起こす。

　無礼な言葉を連ねたことは、十分すぎるくらいにわかっていたから。

　だけど予想とは裏腹に、院長先生は優しい顔を浮かべていた。

「弱ったな……」

　院長先生は力なく笑うと、ポリポリと頭をかいた。

「昔から仕事ばかりしてきたから、正直、息子たちとの関わり方がよくわからないんだ」

　今、息子って……。

「雅が反抗したとき、自分がどれだけ愚かだったかを知ったよ。私がしてきたことは、教育でもなんでもなかったと」

　さっきまでとはちがった声色で、院長先生が話す。

「美雪を……雅と彰の母親を死なせたのは私だ。雅が家を飛び出す前に、私がすべてに気づかなければいけなかった」

「親父……」

「現実から目を背けて、仕事に没頭して。あげくの果てには、妻と子供を追いつめた責任からも逃げた」

　院長先生が、みーくんに向けて頭をさげる。

「今までずっと、すまなかった」

「親父……」

「夫や父親らしいことなんて、なにひとつできなかったが、今からでも遅くないのなら……お前たちのために、できることはなんでもしよう」

　すっきりとした顔で向かい合うふたり。

「鳥越さんとふたりで、必ず幸せになりなさい」

　院長の口から出た思いがけない言葉に、みーくんが息をのんだのがわかった。

「うん……。ありがと、親父」

　やっと、本来あるべき姿となったみーくんたち親子。

　ふたりの目にも涙が光っていたけれど、部外者の私が一番わんわん泣いてしまった。

　ふたりが和解できて、本当によかった……。

　それから数日後、市役所に婚姻届を提出し、晴れて夫婦になった私たち。

　未成年である私たちの結婚には、親の同意が必要になる。

　婚姻届の“その他”の欄にそのサインをしてくれたのは、ママと院長先生だった。

涙の花嫁

【杏奈side】

　５月の晴れた日、私たちは高台にあるチャペルにいた。

「失礼します」

　断ってから控え室の扉を開くと、まっ白なタキシードに身を包んだ藪内先生が私たちを出迎えてくれた。

「雅、杏奈ちゃん」

　わぁ、かっこいい……！

　雑誌とかＣＭなんかに出てきそうな藪内先生の姿に、思わずうっとりしてしまう。

　おっと。

　危ない危ない、またみーくんの嫉妬が炸裂するところだった。

「お前が来てくれるとは思ってなかったよ」

　藪内先生がうれしそうに言うと、照れくささを隠しきれないまま、頬をかくみーくん。

「一応、親父とは和解したし、確かめておきたいこともあったから」

「確かめたいこと？」

「杏奈が言ったんだ。兄貴が医者になったのは、自分が病院を継いで俺を自由にするためだったんじゃないかって」

　結婚式に着ていくドレスをみーくんと選んでいたときに、ふと思ったんだ。

藪内先生が医者になったのは、みーくんのためだったん
じゃないかって。

　藪内先生の視線が私に向けられる。

　そして、ふっと笑った。

「んなわけあるか。考えすぎだ」

　私の考えを一蹴した藪内先生はうれしそうな表情のま
ま、みーくんの頭をガシガシとかきみだす。

「ちょっ、なにすんだよ！　やめろよ」

「お前が先に結婚すっからだろ。フライングとかねぇよ」

　藪内先生は否定したけど、私の考えはたぶん正解だった。

　言葉にはしないけど、きっとみーくんもわかってるはず
だ。

　強くて優しい藪内先生。

　言葉にこそしなかったけど、彼なりにみーくんを守ろう
とした結果なんだと思う。

　今日は、そんな彼と万里ちゃんの大切な日。

　コンコンとノックをして、中からの返事を待つ。

　すぐに応答があったので、みーくんがそっとドアを開け
ると、息をのむほど綺麗な女の人が、目を伏せて私たちを
振り返った。

「杏奈ちゃん！　雅くんも来てくれたんだね」

「お久しぶりです。ご結婚、おめでとうございます」

「すっごく綺麗だよ、万里ちゃん」

「ふふ、ありがとう」

　幸せそうに笑う万里ちゃん。

その目がカッと見開かれたのは、それからすぐのこと。

「そういえば、ふたりも結婚したんだったよね！　おめでとう！」

そ、そのことか。

びっくりした……。

「うん、ありがとう。万里ちゃんとは本当の意味で姉妹になれるね」

あまりにもうれしそうに万里ちゃんが言うから、私とみーくんは顔を見合わせて微笑み合った。

祝福してくれる人がいるって幸せなことだね。

万里ちゃんたちみたいに式を挙げる予定はないけど、こんな風に言ってもらえるのはうれしいね。

「今度、みんなで出かけようね」

「あっ、それ賛成！　絶対楽しいよ」

他愛のない会話を交わしていると、あっという間に時間は過ぎ、スタッフの女の人がそろそろ式が始まると伝えにきた。

私とみーくんは万里ちゃんと別れて、あわてて会場へと向かった。

「花嫁の入場です」

着席して20分もしないうちに、司会の人の声がチャペルに響きわたった。

先に牧師さんとともに登場し、ステンドグラスの下に立って、緊張した面持ちで万里ちゃんの登場を待つ藪内先

生。

　建物中にパイプオルガンが響きわたると、茶色く大きな扉が開き、光に包まれた花嫁が姿を現した。

　わぁ、やっぱり綺麗……。

　お父さんであろう男の人と手を組み、ゆっくりとヴァージンロードを歩いてく万里ちゃん。

　高校時代からずっと付き合ってきて、ともに病気と闘ってきたふたり。

　私もみーくんの妻として、そんなふたりと家族になれて、心からうれしいよ。

　……あれ？

　私たちの前を万里ちゃんが通ったとき、少し顔色が悪く見えた。

　きっと、照明かなにかのせいだよね？

　お父さんと離れた万里ちゃんが藪内先生に向かい合うと、牧師さんが言葉を述べはじめる。

「汝、藪内彰は、仙崎万里を妻とし、良きときも悪きときも……」

　途中、急に吐き気が私を襲い、思わずハンカチで口もとを押さえる。

　こんなときに、つわりなんて……！

　そんな私の様子に気づいたみーくんは、寄りかかっていいよ、と耳もとで優しく言ってくれた。

　こんなとき、みーくんがいてくれてよかったって心から思う。

第4章 ≫ 265

「……神聖なる婚姻の契約の元に、誓いますか？」

「……誓います」

　新婦の返事のあと、指輪が交換される。

　とっても素敵。

　映画に出てきそうな光景だ。

　べつに結婚式はしなくてもいいかーなんて思ってたけ
ど、こんなの見ると、したくなっちゃうなぁ！

「では、誓いのキスを」

　いよいよ……というところで、万里ちゃんの顔色が悪い
のが照明のせいではないことに気づく。

　雪のように白い肌。

　淡いピンク色の唇。

　待って。

　これって……。

　すべて綺麗に見えるのに、胸騒ぎがやまない。

「万里ちゃん……っ！」

　私の声が教会に響いたのと、ふたりが口づけを交わした
のは、ほぼ同時。

　そして次の瞬間、ドレス姿の万里ちゃんはまるで人形の
ように崩れおちた。

「万里ちゃん！　万里ちゃん……っ！」

　ざわつく場内に、万里ちゃんに駆けよった私の声が響く。

　だけど、どれだけ呼んでも、彼女は応えない。

　ダメだよ。

　藪内先生と幸せにならなきゃいけないんだよ。

なのに、なんで目を覚ましてくれないの……？
「藪内先生！　お義父さん！　お医者さんでしょう!?　万
里ちゃんを助けて……！」
　泣きさけぶ私の声は、呆然と立ちつくす藪内先生には届
いていない。
　席の最前列にいたお義父さんがあわてて万里ちゃんに駆
けより、動かなくなってしまった彼女の状態を確認する。
　そして、普段の冷静沈着なお義父さんからは想像もでき
ないほど切迫した声で叫んだ。
「誰か、すぐに救急車を！」

　しばらくして救急車が到着し、万里ちゃんはウェディン
グドレスのままストレッチャーに乗せられる。
　その肌は、さっきよりもずっと白く見えた。
　サイレンの音とともに、万里ちゃんと、一緒に乗りこん
だ藪内先生を乗せた救急車が遠ざかっていく。
　……なんで、こうなっちゃったのかな。
　私たち、家族になれたんだよ？
　お正月やお盆なんかは、藪内のお家で集まったりしてさ。
　これから先、みんなで一緒に歩んでいくんだと思ってい
た。

　……なのに。
　数時間後。
　病院に向かった万里ちゃんのお母さんからの電話によっ

て、会場の控え室で待機していた参列者たちに伝えられた
のは、"万里ちゃんの死"。

　知らせを聞いてすぐ、チャペルの近くからタクシーを
拾って病院に向かったけど、私たちを待っていたのは、冷
たいまま動かなくなった花嫁の亡骸（なきがら）だった。

　信じられない……。

　嘘でしょう……？

　ねぇ、万里ちゃん……！

　万里ちゃんは言った。

　今度みんなで出かけようって。

　なのに……どうして？

　そんなありふれた約束でさえ、叶えることはもうできな
い。

　万里ちゃんの死から、早1週間。

　お葬式（そうしき）や火葬の際の記憶なんて、ほとんどない。

　まぶたを閉じると浮かんでくるのは、万里ちゃんが最後
に見せた幸せそうな笑顔ばかり。

　それが逆に私の胸を締めつけた。

　藪内先生の姿は、病院内でしばらく見ていない。

　診察も、かわりの先生が行ってくれている。

　お義父さんからは休みを取っているって聞いたけど、家
の外に出ている様子もないらしい。

　万里ちゃんの死は、持病である心臓病の発作が原因だっ
たと、重ねて教えてくれた。

遺される方がこんなにつらいなんて、知らなかった。

こんな苦しみを、みーくんや藪内先生は、二度も経験してきたんだね。

藪内先生のことが心配になった私とみーくんは、そろって藪内の実家を訪れた。

リビングにもその他の部屋にも姿がなかったことから、藪内先生は自室にいるようだった。

みーくんに連れられ、3階の長い廊下を歩く。

子どもの頃にみーくんが書いたのか、幼い字で"あきらにぃちゃんのおへや"と記された木製のプレートがさげられている部屋の扉をノックする。

けれど、返事はない。

しびれを切らしたみーくんは、勝手に扉を開けてしまった。

「兄貴」

ベッドに潜る藪内先生は、みーくんの問いかけに応えない。

するとみーくんは、布団を引きはがすという暴挙に出た。

「……っ」

無精ひげを生やしてベッドの上に無気力に転がっていた藪内先生は、目に生気を宿していなかった。

ただぼうっと、焦点が合わない目でどこかを見つめている。

「……仕事もせず、なにしてんだよ」

布団をつかんだまま、蔑むように藪内先生を見おろす

みーくん。

　い、いくらなんでも、その言い方は……。

「兄貴がそんなんじゃ、万里さんだって空の上で安心できねぇだろ」

「…………」

「早く仕事に戻れよ。患者待ってんだろ」

　みーくんの言っていることは、たしかに正論だ。

　だけど、最愛の人を失ったばかりの彼にとっては、なによりも耳の痛い話だと思う。

「中途半端なことしかできねぇんだったら、医者なんてやめちまえよ。目障りだわ」

　藪内先生の上に、バサッと布団を放る。

　しかしそれは、涙を目いっぱいにためて体を起こした藪内先生の手によって、ふたたびみーくんのもとへと投げ返された。

「うるせぇよ！　俺の立場になったとして、お前は平気でいられんのかよ!?」

　憔悴しきった顔が、彼がどれほど悲しみ、苦しんだかを物語っている。

　こんな藪内先生、はじめて見た……。

「……平気なわけねぇだろ。そんなの、考えるだけで狂いそうになる」

「みーく……」

「けど、自分の責任を投げだしたりは絶対にしねぇよ」

　重苦しい雰囲気が漂う部屋に、力強い声が響く。

「万里さんがいなくなって悲しいのは、兄貴だけじゃない。俺も杏奈も、親父だって泣いた」

「…………」

「けどな、みんな知ってるんだよ。死んだ人間が帰ってくることは、絶対にないんだって」

　みーくんの頬を、つうっと涙が伝う。

　そこでようやく、みーくんが強がっていたことを知った。

　みーくんだって、つらかったんだ……。

「……俺、考えたんだ。人生ってなんなんだろうって」

　息を吐いて、ベッドの脇にみーくんが腰をおろす。

　スプリングが、ギシッと音を立てて沈んだ。

「行きついた答えが"旅"だった。まぁ、ありがちだけど」

「…………」

「どんなに長い旅も、いつか必ず終わりを迎える。避けることも、抗うこともできずに。そんな中で俺たちができるのは……願うことくらいだ」

　みーくんの言葉を脳内で反芻し、考えをめぐらせる。

　私だったら、なにを願うだろう。

　万里ちゃんがあの日、あの場所で死なない運命にしてください、とか。

　私たちが病気にならない運命にしてください……とか。

　けど、どれだけ考えても、たどり着く結論はどれも同じ。

"病気じゃなきゃ、今の私はいない"

　病気にならなかったら、みーくんたちに出会うことはなかった。

パパたちの思いを知ることはできなかった。

病気だったから、人を想う喜びを知った。

人と繋がれることの幸せに気づけた。

今は悲しみで溢れているけれど、万里ちゃんの死にもなにかの意味がきっとあるはず。

それに気づくことができたら、これからの人生を生きていく糧になる。

そんな気がするんだ。

「願えよ。万里さんが心安らかに眠れるように。彼女が幸せであるように」

「そんなの……願うことなんてできねぇよ」

藪内先生の口から弱々しい言葉がこぼれた瞬間、バキッという鈍い音が聞こえた。

みーくんが藪内先生を殴ったんだ、と理解したのは、それからすぐのこと。

反動で、藪内先生の体がうしろにそれる。

「みーくん!」

「万里さんのこと、ほめてやれよ! 今まで、つらい闘病生活を送ってきたんだろ!? 主治医として、彼氏として、一番そばにいた兄貴が誰よりも知ってるんじゃねぇのかよ!」

泣きさけぶみーくんの思いが藪内先生に届いたのか、彼の目がふっと見開いた。

「この人と一緒に生きることができてよかったって、万里さんが心からそう思えるような人間でいろよ!」

堰が切れたように、藪内先生が声をあげて泣きはじめる。

　そんな彼に寄りそって、みーくんも私も涙を流した。

　帰り道、藪内のお家を出た私たちは、手を繋いで駅を目指す。

　太陽は今にも西の方角に姿を隠そうとしていて、私たちを赤く染めあげる。

「早く立ちなおってくれればいいけど」

「……そうだね」

　私の右側を歩くみーくんを、そっと見あげる。

　夕日が金色の髪に透けていて、とっても綺麗だ。

　口にはしないけど、さっき、藪内先生の姿がみーくんに重なった瞬間があったの。

　もしかしたら、私も万里ちゃんと同じ道をたどって、みーくんをこんな風に悲しませてしまう日が来てしまうかもしれない。

　そう思うと、とっても怖かった。

　だけどね、すぐに思い出したの。

　今までにみーくんがくれた言葉たちを。

　私とお腹の中の子を守るって言ってくれた、みーくんの姿を。

　もし私たちが離れ離れになる運命だとしても、死がふたりを分かつまで、精いっぱい生きよう。

　誰よりも愛する君に、私と一緒に生きてきてよかったと思ってもらえるように。

最終章

幸せはいつも刹那

【杏奈side】
「藪内さーん。藪内杏奈さーん」
　待合室の椅子にみーくんと肩を並べて座っていた私の名前を、診察室から顔を出した看護師さんが呼ぶ。
　藪内って呼ばれるのにも、ようやく慣れてきた。
「はい、今行きます」
　かなりふくらみが目立つようになってきたお腹を抱え、みーくんに付きそわれて診察室へと向かう。
　中に入ると、椅子に腰かけている山根先生が私たちに視線を向けた。
　今日は、産婦人科の検診の日なんだ。
「今日はご主人も一緒なのね」
「えへへ、はい」
「ちょうどよかった。今日のエコー検査で赤ちゃんの性別がわかるかもしれないわよ」
　え、ほんとに!?
　山根先生の思いがけない言葉に、私たちは顔を見合わせた。

　検診を終え、マンションとは逆方向へ向かう電車に乗る。
　優先席に座らせてもらってからも、帰り際にもらったエコー写真を見てにやけが止まらない。

最終章 ▶▶ 275

「うれしそうだな、杏奈」

「そりゃそうだよ。性別がわかったってことは、またひと
つ赤ちゃんが成長したってことだよ？」

　指輪が輝く左手で、お腹をなでる。

　最近は胎動も頻繁に感じるようになった。

「男の子ってわかったわけだし、産まれる前にベビー用品
なんかもそろえとかなきゃねー」

「そうだなぁ。まぁ……産まれるまで性別は知らなくても
いいかなって思ったりもしてたんだけど」

「え、なんで？」

　話の腰を折られた感が否めなくて、つい聞き返してしま
う。

　みーくんは優しく目を細めて、私の頭に手を乗せた。

「男でも女でも、どっちでもよかったんだ。母子ともに、
健康に産まれてきてくれれば、それで」

「……っ」

　笑顔でこんなセリフを言われて、ノックアウトされない
妊婦がいますか。

　いや、絶対にいない。

　つくづく、いい人と結婚したなぁ、私。

　電車に揺られること、約40分。

　私たちは海開き直前の海水浴場にいた。

　なんだか急に海が見たくなって、わがまま言って連れて
きてもらっちゃった。

「わーっ！」

　照りつける日差しが、じりじりと砂浜を焼いている。

　久しぶりに見る海を前に、テンションがあがった私は、自分が身重なことも忘れて駆けだし、すぐにつまずく。

「なっ……バカ！」

　とっさにみーくんが腕を引いてくれたので、転ばずに済んだけど……今のはさすがに肝が冷えた。

「妊婦としての自覚を持ってくれ……。頼むから」

　はーっと息を吐いて、切実に訴えてくるみーくん。

　性別がわかったからって、浮かれてる場合じゃなかった。

　ほんとすみません……。

　気をつけます。

　それからはちゃんと足もとや身の回りに気を配り、貝殻やシーグラスを探したり、海に足を浸けたりと、おだやかな時間を過ごした。

　平日だからあたりに人はおらず、まるでふたりだけの世界のようにも思える。

「男の子だからかなぁ。ポコポコ蹴ってくるよ」

　砂浜の手前の階段に腰をおろしながら言うと、短く断ってお腹に触れるみーくん。

　おぉ、すごい真剣。

「おーい、お前のパパだぞー。聞こえるか？」

　大真面目に問いかけるみーくんの姿に、思わず口もとがゆるむ。

最終章 >> 277

　この様子だと、立派なイクメンになってくれそうだなぁ。
　なんてのん気に考えている私のお腹を、中からポコッと
蹴られる。
　手のひらからでもそれが伝わったのか、みーくんは目を
キラキラと輝かせて顔をあげた。
「杏奈！　今、反応したぞ！」
「蹴ったねぇ。パパってちゃんとわかったのかな」
　ふふ、みーくんってばうれしそう。
「まさか、自分が父親になる日が来るなんて、思ってなかっ
たよ」
　お腹をなでながら、愛おしそうに彼が言う。
「自分ができなかったことを、この子にはしてやりたい。
親子でキャッチボールとかも憧れてたし、遊園地だって行
きたかった」
「みーくん……」
「あきらめてた夢を叶える機会をくれて、ありがとな。全部、
お前のおかげだ」
　みーくんの言葉に、ふるふると首を振る。
　重ねられた手のひらから伝わる温もりが、うれしい。
　じめっとした風を感じて空を仰ぐと、太陽の光のせいか、
少し視界が歪んだ。
「そろそろ帰ろう」
　そう言って、立ちあがったみーくんが差し出してくれた
左手を取ろうと、前かがみになる。
　だけどその瞬間、鋭い痛みが頭部を駆けぬけた。

「……っ！」

　頭を抱えて、その場にうずくまる私。

「杏奈！　大丈夫か!?」

　顔色を変えたみーくんが、私の前にしゃがみこんだ。

　痛い。

　手足に力が入らない。

　最近、起床してすぐに痛みを感じることが、何度もあっ
た。

　そのたびにちゃんと藪内先生に伝えて、薬も処方しても
らって、治療も受けてきた。

　なのに、どうして……。

「今すぐ救急車呼んでやるから、待ってろ！」

　切羽つまった様子のみーくんを最後に、私の意識は途絶
えた。

「…………」

　重いまぶたを無理やり開けると、意識が一気に現実世界
に引きもどされる。

　一番最初に捉えたのは、心配そうにのぞきこむ、みーく
んの姿だった。

「みー、く……」

「よかった、起きたんだな……」

　安堵の表情を浮かべたみーくんに頼み、重い体を起して
もらう。

　そこでようやく、自分が病院のベッドの上にいることを

把握した。

「３時間も意識を失ってたんだぞ」

　重ねられた手のひらに、ぎゅっと力が込められる。

　３時間も……。

　不安にさせちゃったよね。

　ごめんね、みーくん。

「目を覚ましたんだね」

　ピンク色のカーテンの向こうから、深刻な顔をした藪内先生が姿を現す。

　万里ちゃんが亡くなったあとはどうなるかと思ったけど、今は完全に仕事復帰している。

「起きて早々申しわけないけど、こっちも一刻を争う話なんだ。……いいかな」

　断りは入れられたものの、首を横に振る選択肢はなかった。

　こくんとうなずくと、藪内先生は真剣な面持ちのまま口を開いた。

「病気がかなり進行してる。お腹の子供のことも考えて抗がん剤治療は避けてきたけど、それじゃもうどうしようもないところまで来てるんだ」

「え……？」

「本来なら出産を待ちたいところだけど、悠長にかまえていたら、杏奈ちゃんも赤ちゃんも……命を落とすことになる」

　命を、落とす……？

奈落の底に突き落とされた、という表現が、今の私には
ぴったりだと思う。

　このままだと私、死んじゃうの？

　この子を産みだしてあげることもできないの……？

「なにか！　なにかねぇのかよ！　杏奈と腹の中の子が、
無事に生きのびる手段は！」

　声を荒らげたみーくんが、すがるように叫ぶ。

　その間にも、頭はズキズキと割れるように痛む。

　そっか。

　私が死んだら、みーくんの夢を叶えることもできないん
だ……。

　そんなの、絶対に嫌だよ。

「……方法がないわけじゃない」

　藪内先生が険しい顔で、私とみーくんを交互に見つめる。
「去年、新しい術式がアメリカで発表された。症例はまだ
少ないけれど、うちの病院にはその手術を行える先生がい
る。……賭けてみる価値はあると思う」

「なら……！」

「ただし、失敗すれば命はないと思った方がいい」

　わずかに灯された希望に、釘を刺される。

　ぽつりとこぼれ落ちた涙は、手に沿いながらゆっくりと
流れ、やがてタオルケットに染みこんでいった。

「こんな選択をいきなり迫ってごめん。でも、時間がない
んだ」

　藪内先生の切羽つまった様子が、本当に時間がないこと

を私に教える。

「杏奈ちゃんが眠っている間に、ご両親には話しておいた。君の選択に任せるって」

「……っ」

「どうするか……今、ここで決めてほしい」

藪内先生の顔が、苦しそうに歪められる。

ついさっきまでの幸せな時間が、嘘みたいに重い話だなぁ。

だってこれ、死に方を選べって言われてるようなもんでしょ？

みーくんと離れ離れなんて、想像もできないよ。

だって、ずっと一緒に生きていくって約束したのに。

赤ちゃんと３人で、幸せな家庭を築いていくんだって思ってたのに。

手術を受けなければ、残された時間を確実に一緒に生きることができるけど、その幸せなはずの時間はすぐに終わりを迎えてしまう。

赤ちゃんだって、産んであげられないかもしれない。

けど……手術を受けたら……もしかしたら、その先に存在するかもしれない未来を、生きていくことができるんだ。

だったら、私は……。

「受けます、手術」

死ぬかもしれない。

もう二度と、みーくんのそばには戻ってこられないかもしれない。

だけど……。
　１パーセントでも可能性があるなら……。
　それに賭けたい。
　私の気持ちを理解してくれているのか、みーくんはなにも言わずに、ただうつむいて肩を震わせている。
「……わかった。ご両親には俺から話しとくから」
　それだけを言いのこして、藪内先生は扉の向こうに消えていった。

最終章 >> 283

時を刻む命

【杏奈side】

　再入院してから６日目の昼さがり。

　藪内先生が、執刀医の先生の簡単な紹介と、手術が２週間後に決定したことを伝えにきてくれた。

「ひとつ、聞いてもいいですか？」

　説明を終え、部屋を出ていこうとする藪内先生を引きとめる。

「なに？」

　藪内先生がいつもと変わらない、おだやかな態度で振り向くから、今私が置かれているこの状況は嘘なんじゃないかと思ってしまう。

　そんな淡い期待も、鈍い痛みがすぐに幻だと教えるけど。

「藪内先生は……万里ちゃんと生きることができて、幸せでしたか？」

　遺す方と遺される方。

　別れの先でも幸せだったと言えるのか、知りたくなった。

　私の問いに、藪内先生は目を見開いたけど、すぐに優しい笑顔になる。

「幸せだったよ」

　嘘偽りのない、はっきりとした言葉。

「結果的に万里は死んでしまったけど、一緒に過ごした時間はたしかに存在した」

「一緒に過ごした時間……」

「記憶の隅々に万里がいる。あいつがいなくなった今、それだけで十分だ」

　現実逃避とか、そんなんじゃない。

　最愛の人の死を受け入れて、前に進もうとしている藪内先生は強い。

　彼女とおそろいの結婚指輪をつけた左手を軽くあげ、藪内先生は今度こそ病室を出ていった。

「幸せだった……か」

　もし、私がいなくなってしまったとしても……。

　みーくんは忘れないでいてくれるかな？

　私といた時間は、幸せで溢れてたって思ってくれるかな？

　コンコンと扉がたたかれ、私が返事をすると、花束を持ったタカさんと志保ちゃんが姿を現した。

「久しぶりやなぁ」

「お久しぶりです。お元気でしたか？」

「元気元気！　ありあまってるくらいやで」

　わはは、と豪快に笑うタカさんの隣で、相変わらず花のような笑みを見せる志保ちゃん。

　ふたりには、みーくんづてに入院したことを知らせていた。

　結婚と妊娠の報告をしたときは、電話の向こうでものすごく喜んでくれたふたり。

　心配かけたくなかったけど、私に万が一のことがあった

ときに、みーくんを頼めるようにと思って、伝えてもらった。

「っていうか、タカさんと志保ちゃんって仲よかったんですね。一緒にお見舞いに来てくれるなんて」

「まぁ、それなりにね。ふたりきりになったのは、今回のお見舞いがはじめてだけど」

「どうせ来るなら、杏奈ちゃんが疲れないようにいっぺんに行けってあいつが言うから、連絡取ってんな」

「そうそう。どれだけ過保護なのよね、あいつ」

　あらあら……。

　すみません、気を遣っていただいて。

「今日、雅は？」

「バイトです。朝から夕方まで入ってるって」

　高校時代から居酒屋でバイトをしていたみーくんだけど、最近、掛け持ちでガソリンスタンドのバイトを始めた。

　両方の親から援助をもらってはいるものの、自分たちが早めた結婚だから、できる限りは自分でなんとかしたいんだって。

　みーくんのそういうところ、すっごく素敵だと思う。

　だけど、勉強もあるのに無理してないかな。

　体を壊さないか、心配だよ……。

「赤ちゃん、いつ産まれるんだっけ？」

　志保ちゃんが私のお腹をのぞきこんで言う。

「順調にいけば、11月下旬くらいかな。この前、男の子だってわかったの」

「そうなんだ！　楽しみだね」

「うん、とっても！」

　赤ちゃんに会えないかもしれないなんて、誰も口にしなかった。

　口にしたら、それが現実になってしまいそうで。

「出産祝い、なにがいいかなぁ」

「やっぱベビー服が無難なんかな」

「スタイとかもいいかもね。この前、出産した友達にあげたら、喜んでくれたし」

「なるほど。……って、なんで俺らが張りきってんのやろ」

　タカさんの一言に、笑いが起こる。

　ずっと、みーくんのそばにいたタカさん。

　私たちの背中を押してくれた志保ちゃん。

　赤ちゃんが産まれたら、ふたりには絶対に抱いてもらいたい。

　そのためには、絶対に手術を乗りこえなくちゃ。

　そして、みんなのもとに戻ってこなきゃ……。

　夕方、バイトを終えたみーくんが私の元を訪れた。

　夫婦で……ううん、家族３人で過ごす、おだやかな時間。

「今日もお疲れ様。大変だった？」

「まぁ。でも、杏奈とお腹の子供のためだって思うと、がんばれる」

　私のお腹に触れて、みーくんが優しく口もとをゆるめる。

　今、すっごくパパの顔してるってこと、気づいてないん

だろうなー。

「あ、そうだ。赤ちゃんの名前、考えたんだけど」

「え、ほんとに!?　なになに、聞かせて」

　予想外の出来事に、つい前のめりになってしまう。

　やー、まさかもう名前を考えてくれたなんて。

　着実にイクメン道を歩いてますねぇ。

　ベッドサイドの棚から取り出したメモに、みーくんがスラスラとペンを走らせる。

「ん」

　そう言って差し出された1枚の紙には、少し右肩あがりの字で【蒼空】と記されていた。

「蒼い空って書いて、"そら"」

「そら……」

「うれしいときも悲しいときも、空はいつだって無条件に広がってるじゃんか。当たり前のように感じてたけど、それってほんとは、すごいことなんじゃねぇかって」

　照れくさそうに、みーくんが言葉を連ねる。

「どこにいたって、誰といたって、見あげる空は同じだろ？　そう思うだけで、力がもらえる気がするんだ」

　そうだね……。

　みーくんが苦しかったときも、私が苦しかったときも、仰ぐ空は同じだった。

　ふたつとない、晴れわたる青。

「雨や曇りの日があってもいい。だけど最後は、必ず晴れて蒼い空を見せるように。……って願いを込めたんだけど」

ちらりと、みーくんが不安げに私の反応をうかがう。

　もう、バカだなぁ。

「こんなに素敵な名前、他にないよ……っ」

　感極まってみーくんの首に腕を回すと、みーくんは安堵の表情を浮かべて抱きとめてくれた。

　ねぇ、蒼空くん。

　素敵な名前をもらったね。

　パパのいろんな想いが込められた、たったひとつの名前。

　君に会いたいよ。

　会って、どこまでも続く空を見せてあげたい。

　この世界は、こんなに素敵なもので溢れてるんだよって教えてあげたい。

　そして、いつか君が大きくなったとき、この名前に込められた意味を、みーくんとふたりで伝えたい。

　みーくんの隣で叶えたいことが、まだまだたくさんあるんだよ。

　平凡でいい。

　特別なことなんて、なにもいらないから。

　私を、彼とこの子のそばにいさせてください……。

　言葉では伝えきれない想いがたくさんある。

　君に残したい言葉がある。

　このあともバイトだというみーくんが帰ったあとの病室で、私はひとり、みーくんに宛てた手紙を綴った。

　手術当日。

最終章 >> 289

　今日のために髪をバッサリと切った私は、手術衣に着替えた状態でベッドの上に座り、ママと柚葉と顔を合わせていた。
「手術、10時からだっけ？」
「うん。でも、30分前には先生たちがやってきて、前投薬っていう麻酔の準備のための注射をしてもらうんだ」
「へぇ。……じゃあ、もうすぐだね」
　ポケットから取り出したスマホで時間を確認した柚葉が、言葉を漏らす。
　この春から高校生になった柚葉は、一気に大人っぽくなった。
　この前だって、『彼氏できたんだー』なんて耳打ちしてきたし。
　なかなか青春してますね、妹よ。
　姉はちょっぴりさびしいよ、なんて思うあたり、すっかり仲よしの姉妹に戻ったなぁって感じる。
　周りを妬み、恨んでいた頃は、もしかしたら柚葉にもたくさん迷惑をかけてしまっていたのかもしれないね。
「雅くんは？　まだ来ないの？」
　心配そうに尋ねるママに、私は乾いた笑みを返すことしかできない。
「寝ちゃってるんじゃないかな。昨日もバイト入ってたみたいだから……」
　病室を訪れる最近のみーくんは、とっても疲れた顔をしていた。

勉強にバイト、おまけに家事まで加わってしまった生活
は、私の想像よりずっとハードなんだと思う。

　私が倒れる前は、身の回りのことをしてあげられたんだ
けど……。

　ママの眉根がきゅっと寄せられる。

「彼、無理しすぎてるんじゃない？　受験もあるんだし、
もっと私たちを頼っても……」

「ありがとう、ママ。またみーくんと話し合ってみるよ」

　このままだと、今度はみーくんが倒れてしまう。

　それじゃ、手術が成功したって元も子もないもんね。

「杏奈ちゃん。そろそろ麻酔をするよ」

　扉が開き、藪内先生と、執刀医である関川先生が入って
くる。

　遅れて、山根先生も。

　お世話になっている先生方が、なにがあっても大丈夫な
ようにと、万全の態勢を整えていてくれた。

「……はい」

　運ばれてきたストレッチャーに移動して寝そべり、白衣
姿の先生たちを見あげる。

　ぱっと視線をそらすと、不安そうなママたちの様子が見
てとれた。

「……あ、そうだ。柚葉にお願いがあるんだけど」

　わざと明るく声をあげると、柚葉がピシッと背筋を伸ば
す。

　もう、可愛いなぁ。

「そこの引き出しにね、ピンクの封筒に入れた手紙が入ってるの。どこかのお寝坊さんが来たら、渡しといてくれないかな」

クスクスと笑いながら頼むと、任せて、というように何度もうなずく柚葉。

２週間前、みーくんに宛てて書いたラブレター。

声を取り戻す前、みーくんにスマホを買ってもらうまで、会話の手段は手書きの文字だった。

思えば、数えきれないほどの字を君へ届けていたけれど、こうやってちゃんと手紙を書きつづったのは、はじめてだね。

なんだか少しはずかしい気もするけど、私が手術を受けている間に読んでほしいんだ。

お願いねと、いつもと変わらない口調で言ってみせる。

そしたら柚葉が、手術が終わったら私のお願いも聞いてよね、なんて言うもんだから、絶対に戻ってこなきゃって思ったよ。

柚葉の彼氏もまだ見てないしね。

藪内先生に言われて、ママと柚葉が病室を出ていく。

もちろん、ちゃんと引き出しから手紙を回収してから。

その後、すぐに麻酔科の先生がやってきて、注射をしてくれた。

このままストレッチャーで手術室に運ばれる流れだ。

「がんばってね、杏奈ちゃん。……蒼空くんも」

私の顔をのぞきこんだ藪内先生が、力強く言う。

甥にあたるこの子の名前を、藪内先生が呼んでくれることがうれしい。

　男の子だし、みーくんや藪内先生に似てくれたら、絶対かっこよくなるよなぁ。

　なーんて、手術前なのにのん気にそんなことを考える。

　口に出したら、緊張感なさすぎだって言われちゃうかな。

　──バタバタバタッ。

　手術室を目前にしたとき、突然、どこからか足音が聞こえてきた。

　な、何事だろう。

　思わずその音のする方へ視線を向けると、バイクのヘルメットを持ったみーくんが、ボサボサの金色の髪をなびかせて駆けてきていた。

「みーくん……！」

　ストレッチャーの上に寝転ぶ私のもとにたどりついた彼は、膝に手をついて肩で息をした。

「遅くなってごめん……っ」

　切らせた息の合間に言葉をしぼりだすみーくんの肩に、そっと手を乗せる。

「私と蒼空のためにがんばってくれてるって、ちゃんとわかってるから」

「杏奈……」

「でも、ちょっと無理しすぎかな。ずっとバタバタしてるでしょ？　ちゃんと体を休めなきゃ」

　体を起こして、セットされていないみーくんの金髪を、

最終章 ≫ 293

ここぞとばかりにぐしゃぐしゃにしてみる。

　ようやく顔をあげたみーくんは、少しだけ困った顔をしていた。

「私ね、みーくんに手紙を書いたの。本当は直接渡そうと思ってたんだけど、時間になったから柚葉に預けちゃった」

　"手紙"というワードに、みーくんの表情が曇る。

「カンちがいしないでよ？　遺書とか、そういうのじゃないから。ちゃんと受け取ってね」

　弱さが見えちゃう前に行こう。

　そう思って、みーくんから手を離す。

　それなのに、その温もりはすぐに私を包みこんだ。

「みーく……」

「がんばれ。負けんなよ。絶対、俺のとこに帰ってこい」

　耳もとでささやくみーくんの声が、震えてる。

　ううん、声だけじゃないね。

　肩も、手も、背中も……全部が、みーくんの想いの強さを教えてくれる。

　大丈夫、私はひとりじゃないんだ。

　名残惜しさを残して離れた、私よりも少しだけ低いみーくんの熱。

「行ってくるね」

　離れたくないという気持ちは、ぐっとこらえる。

　できる限りの笑顔を向けて、みーくんと別れた。

最後のラブレター

【雅side】

　手術室前の椅子に腰かけていると、目の前にふたつの影が落とされた。

　顔をあげ、それがダークブラウンの髪を巻いたお義母さんと、義妹である柚葉ちゃんのものだと知る。

「あっ……。遅くなってすみません！」

　あわてて立ちあがり、頭をさげる。

　来るのが遅くなったことで、ふたりにも心配や迷惑をかけたはずだ。

　なのに、お義母さんの声は優しかった。

「杏奈には会えた？」

「あ……はい。なんとか」

「そう。だったら、私たちのことなんて気にしなくていいわ」

　杏奈によく似た、可愛らしい笑みを浮かべる。

　杏奈を産んでくれたこの人には、感謝してもしきれねぇよ……。

「雅さん、これ……」

　柚葉ちゃんにおずおずと差し出されたのは、淡いピンク色の封筒だった。

　さっき杏奈が言ってたのは、これか。

　封筒を受け取り、ふたたび椅子に座る。

　深く息を吸いこんでから、封を開けた。

中から姿を見せたのは、おそらく封筒とセットである便箋。

　杏奈の字を見るのは、ずいぶん久しぶりな気がする。

　声を取りもどす前に筆談していた頃以来か。

　ふたつ折りにされたそれを開き、少しの懐かしさを感じながら杏奈の字を追った。

みーくんへ

これを読んでるってことは、私は今、手術中かな。
こんなことを言ったらみーくんは怒るかもしれないけど、もしなにかあったときに後悔したくないから、手紙を書くことにしました。

私たちが出会ったのは、秋から冬に差しかかる頃だったね。
あの日から、私の世界は180度姿を変えました。
声が出なくなって、死んでしまいたいと願っていた私に、みーくんは生きる希望をくれた。
もしみーくんに出会っていなかったらと考えると、恐ろしくて仕方ありません。
家族の思いに気づけず、自分の殻に閉じこもって、逃げて。
今回の手術だって受けずに、死を選んでいたかもしれない。
思い返せば思い返すほど、私の心を救ってくれたのはみーくんだった。
愛がこんなに温かいんだって、みーくんが教えてくれな

きゃ知らないままだった。

みーくんを好きになって、蒼空を授かることができて、私は本当に幸せでした。

蒼空をこの世に産んであげられるかはまだわからないけど、もし私が死んで姿形がなくなったとしても、ここに私と蒼空がいたことは忘れないでください。

みーくんには、誰よりも幸せになってほしい。

私が死んでも泣かないでほしい。

なにがあっても、笑っていてほしい。

みーくんなら、どんな奇跡も起こせるよ。

私を好きになってくれて、ありがとう。

本当にほんとうに、ありがとう。

ずっと、愛してるよ。

杏奈より

　涙が止まらなかった。

　これを書いた杏奈の心境を思うと、苦しくて切なくて。

　同時に、今すぐにこの両腕で抱きしめてしまいたくなるくらい、愛おしい。

　ぎゅっと握りしめた便箋に綴られた字は、ところどころにじんでいる。

　それは、強がりな君の本音。

最終章 ≫ 297

　死にたくないって、本当は怖くてたまらないんだって叫んでる。

　ふと、杏奈が声を取りもどした日のことを思い出す。
　杏奈は診察へ、俺は大学受験を決意したことを報告するために、病院を訪れた。
　逃げだしたくなる気持ちを抑え、最上階にある院長室へと足を進めたあのとき。
　院長室の手前にある会議室から、親父と誰かの会話が耳に届いた。
『息子さんが担当している鳥越杏奈さんですが、昨年の11月に腫瘍の転移が見つかりました』
『病状は』
『……あまりかんばしくはないです。発見時よりも悪化していると報告がありました』
　そのときの衝撃は、頭を強く殴られたときのと似ていたことを、今でも覚えている。
　やっと好きだと伝えられた杏奈を、病気が蝕み続けているなんて信じたくなくて、よろよろとその場所から離れた。
　廊下の一角を曲がったところで、壁にもたれてずるずると腰を抜かした。
　少しして、息を切らした兄貴がやってきて、杏奈の状態を問いつめたんだっけ。

　思えば、ずっと怖かったんだ。

いつかこんな日が来るんじゃないかって、おびえてた。

「柚葉ちゃん、これ持ってて」

「え、ちょっ……雅さん!?」

　いてもたってもいられなくなり、手紙を柚葉ちゃんに押しつけて長い廊下を駆けだす。

　そのまま病院を飛び出し、ヘルメットをかぶって駐車場に停めていたバイクにまたがる。

　エンジンを全開にしたバイクは、轟音とともに走りだした。

　あの別れ際の笑顔を、最後になんかしたくない。

　俺たちの物語を、終わらせたくない。

　もし、神様がいるのなら。

　最後でもいい。

　奇跡を起こして。

最終章 ≫ 299

君がくれた奇跡

【杏奈side】

　遠くで誰かが私を呼んでいる。

　まっ暗闇の中で手を伸ばした瞬間、意識が一気に引きもどされた。

　まぶたの隙間から、私の顔をのぞきこむ人影が見える。

「杏奈……？」

「お姉ちゃ……」

　視界がはっきりしたとき、目の前にいる人物がママと柚葉であることがわかった。

「マ、マ……」

　目に涙を浮かべたママが、興奮気味にナースコールを押す。

「あ、れ……私……」

　麻酔のせいか自由の利かない体で、左手をあげる。

「私……生き、てる……」

「生きてるよ！　お腹の子も無事だって！」

　柚葉が、泣きながら私の手を握る。

　その温もりを感じた瞬間、涙が溢れた。

　よかった……。

　よくがんばったね、蒼空。

「藪内さん」

　視界の端に、関川先生が映る。

藪内先生も一緒だ。

「今朝執りおこなった手術は、無事に成功しました。腫瘍もすべて取りのぞくことができたので、あとは傷の回復を待つだけです」

「せんせ……」

「手術の後遺症なんかもなければ、また元の生活に戻れるでしょう」

　それは、私が最も望んだ言葉。

　元の生活に戻る。

　みーくんのそばにいる。

　それが、一番の願いだった。

「みーくん、今の……聞いた……？」

　部屋のどこかにいるであろうみーくんに、言葉を投げかける。

「…………」

　だけど、返事が返ってくることはなかった。

　ベッドの脇に立つみんなが、苦しそうに顔を歪めている。

　……なんだか嫌な胸騒ぎがした。

「ここにはいないの……？」

「…………」

「バイト……はちがう……よね。今日は入れないって、前から言ってたもん……」

「……っ」

　ねえ、なんで誰も答えてくれないの？

　なんでみんな、私から目をそらすの？

んだ。

　出会ったあの頃と変わらない、端正な顔を。

「ねぇ、みーくん。覚えてる？　私たちが出会ったあの日のこと」

　夢見が最悪だった朝、突然私の前に現れたみーくん。

　うーん、そうだなぁ。

　あの衝撃は、隕石が落ちたときと似ている。

　隕石が身の周りに落ちたことなんて、実際は一度もないけど。

　でも、本当にそれくらい、びっくりしたんだよ。

「あのとき、みーくんが選んだのが私の病室じゃなかったら、私たち、今こんな風に一緒にいなかったかもしれないんだよね」

　みーくんの手を包む力を、そっと強める。

　きっと、こんな風に温もりを感じることもなかったね。

「あの頃からずっと、みーくんは優しかった」

　私のことを妹だと思っていたときも、恋人期間も、夫婦になってからも。

　みーくんはつねに、無償の優しさを注いでくれていた。

　その優しさが、私の心を少しずつ溶かしてくれたんだ。

「だからこそ……ときどき垣間見えたみーくんの心の闇が、不安だったの」

　私には踏みこむことのできないなにかの存在が、見え隠れしていた。

　なにも語ってくれないことがつらかった。

「クリスマスイブに、つらかった過去を打ちあけてくれた
よね」

　本当はあのとき、みーくんをぎゅってしたかった。

　その大きな体を包んで、ひとりじゃないよって言いた
かったのに、結局私が泣いちゃったんだよね。

「家族と向き合うことができたのも、みーくんが背中を押
してくれたからだったね」

　みーくんがいなきゃ、私たち家族はよそよそしいまま
だったかもしれない。

「制服を着て、みーくんが通ってた高校に忍びこんだこと
もあったね」

　そして、美紗さんに宣戦布告されたんだった。

　……あぁ、ダメだ。

　今思い出しても、ぞくってしちゃうよ。

「その日の夜に好きって伝えて……。みーくんってば、キ
スしたくせに、ごめんって言ったんだよね」

　いっぱい傷ついて、いっぱい泣いたんだからね。

　まさかあのときは、2度目以降の口づけがあるだなんて
思ってなかったなぁ。

「志保ちゃんが現れて、勝手にみーくんとヨリを戻しちゃ
うんだーって先走ったこともあったっけ。今思えば、ちょっ
と……いや、かなりマヌケだったかも」

　でも、そのおかげで、私たちの想いは通じ合った。

　そのまま、朝までずっと一緒にいたね。

　それだけでも幸せだったのに、声が私のもとへと戻って

きて、みーくんへの想いを音で伝えられた。

　あのときの感動は、たぶん……ううん、絶対に忘れない。

「体調が悪くなって、何度も心配かけたね」

　そのときのみーくんも、今の私みたいな気持ちだったのかなぁ。

　もしそうだとしたら、もう絶対に倒れられないよ。

　だって、こんなにも不安で……胸が張りさけそうなんだもん。

「桜の下のプロポーズ、ほんとにうれしかったなぁ」

　あのときもらったエンゲージリングは、今も私の左手の薬指で輝きを放っている。

「お腹の中に赤ちゃんがいるって言ったとき、みーくんは迷わず私の意思を尊重してくれたよね。あのときのみーくん、本当にかっこよかったよ」

　もちろん、かっこいいのはいつもなんだけどね。

　って、これはホレた欲目かなぁ？

「みーくんと出会うまで、自分の手で家族を作っていく未来が待ってるなんて、想像もしてなかった」

　近いうちにこんなことが起こるよ、ってあの頃の自分に言ったとしても、きっと信じないだろうなぁ。

　みーくんっていう素敵な旦那さんと、蒼空っていうかわいい息子ができるなんてさ。

「……蒼空がね、すっごくお腹蹴るの。ママ痛いよって言ってるのに、何度も」

　隣にもその隣にも患者さんはいるのに、みーくんの声が

しないだけで、この世界から音が消えたように感じる。

「手術が終わってから、山根先生にも診てもらったよ。蒼空、お腹の中で元気に育ってるって」

「…………」

「私も、ちゃんと回復してるんだよ。先生に、若さの賜物だね、なんて言われちゃった」

「…………」

「もう一緒に過ごせるんだよ。あの家で、前みたいな生活ができるんだよ。……なのに」

ダメだ、声が震える。

もう我慢できないよ。

「みーくんがそんなんじゃ、意味ないじゃんか……！」

みーくんと叶えていきたいことが、まだまだたくさんあるのに……。

涙が頬を伝ってこぼれ落ちたとき、手の中の拳に力が入れられた。

「あん……な……」

大好きな人の声が、はっきりと私の名を呼んだ。

「みーくん……！」

安静にすることを条件に、ベッドからおりることを許してもらったのに、思わず立ちあがってしまう。

顔をのぞきこむと、みーくんの視線が私を捉えた。

「みーくんのバカッ！　心配したんだから……っ」

泣きながら怒る私を見て、みーくんが眉をハの字にする。

「心配かけてごめん。でも……杏奈の声は聞こえたよ」

最終章 ≫ 305

　満身創痍の体をゆっくりと起こし、太陽みたいな笑顔を向けたみーくん。

　そして。

「おかえり、杏奈」

　怪我をしていない右手で、私の体を抱きよせた。

「うん。ただいま……！」

　みーくんの背中に手を回し、その温もりを確かめ合う。

「……っ」

　触れ合ったところから、生きていることをあらためて感じる。

　手が動くこと、想いを言葉にできること、様々な景色を自分の目で見られること……。

　まったく別の世界にいたふたりが出会って、恋に落ちて結婚して、新たな命を授かった。

　ありふれた日常は、そういう奇跡の積み重ねで成りたってるんじゃないかな。

　苦しいことや悲しいことは、これから先もたくさん待ち受けていると思う。

　だけど、それ以上に、うれしいことや楽しいことがあるって信じられるから。

　私たちの物語が終わりを迎えるその日まで、絶対に離れないでいよう。

　そして、君とふたり。

　これから先も、何度だって奇跡を起こそう。

END

番外編

未来のその先へ

【杏奈side】

手術を受けたあの日から、もうすぐ1年。

今のところは病気の再発もなく、穏やかな日々を送っているけど、思い返せばいろんなことがあった。

私の手術と同じ日に事故に遭ったみーくんは、骨折こそしていたものの、脳などへの影響はいっさいなく、目が覚めてからすぐに退院することができた。

けど、家に帰ったあとでタカさんに結構怒られたみたい。

『がんばるのはいいことやけど、そのせいで疲労がたまって事故っとったら意味ないやろ』って。

バイトに復帰できるようになってからはシフトを減らしたりして、ちゃんと反省してたよ。

私はというと、手術後、先生たちがびっくりするほど奇跡的な回復を見せた。

お腹の赤ちゃんも順調そのもの。

夏の終わり、みーくんの骨折が完治する頃には私も退院し、マンションにはすっかり平穏な日々が戻りつつあった。

その落ちつきが一瞬にして吹き飛んだのは、少し肌寒い10月の2週目の日曜日。

『痛……』

朝から、いつもよりお腹が張ってるなーとは思ってた。

番外編 >> 313

　ちょっと痛みも感じたけど、予定日までまだ日にちもあるし……。

　痛みには波があった。

　痛かったり、そうじゃなかったり。

　こんなことは以前にもあったから、とくに気にしていなかったんだけど、しだいにそれが前のとはちがうことに気づきはじめた。

　今までのどの痛みよりも強く、広範囲に及んでいたから。

　リビングで勉強をしていたみーくんの邪魔にならないように、自分の部屋に戻って病院に電話をかけると、山根先生にすぐに病院に来るように指示された。

　あわててリビングに戻ってそれを伝えると、ぎょっと目を見開いたみーくん。

　そして勢いよく立ちあがり、私が入院バッグの中身を確認している間にタクシーを呼んでくれていた。

　みーくんと一緒にタクシーに乗りこむと、急いで病院へと向かった。

　その間にも痛みは増し、私の顔は徐々に苦痛に歪むようになっていた。

　病院に到着すると、山根先生と助産師さんらしき女の人が外で待ってくれていた。

　それから、中に通されて内診を受けると、助産師さんがあまりにあっさりと、『このまま出産になりそうですよー』なんてのん気に言ったもんだから、緊張が解けて思わず笑っちゃったんだ。

まぁ、笑っていられたのはそのときまでだったんだけど。

　それからの記憶は、正直あんまりない。

　脳腫瘍を患っていたときとはまたちがった痛みが、だんだん強くなって、あまりの苦しさに気を失いそうになった。

　ギャーギャー叫ぶ私に、ずっと手を握らせていてくれたみーくん。

　たぶん、出産の瞬間は折れてしまうんじゃないかと思うくらいの力だったんじゃないかなぁ。

　赤ちゃんの泣き声がその場に響いたときは、一瞬、時間が止まったんじゃないかって思った。

　痛くて痛くてたまらなかったはずだったのに、そんなのどうでもよくなっちゃうくらい、胸の奥深くから別の感情が押しよせてきた。

　山根先生の『元気な男の子ですよ』という言葉とともに、私のもとへと運ばれてきたのは、元気に泣く小さなちいさな赤ちゃん。

　耳をつんざくような泣き声が、"生きてるんだ"っていう、この子の叫びに聞こえたの。

　私のすぐそばで、みーくんは声を殺して泣いていた。

　それを見て、また涙が溢れた。

　みーくんの子供を、元気な姿で産むことができた。

　みーくんを、この子のパパにしてあげられた。

　家族を生みだしてあげられた。

　それが、本当に本当にうれしかった。

番外編 >> 315

　生きることをあきらめないでよかったって、心からそう
思ったの。

　パパやママ、この病院の院長であるお義父さんや主治医
である藪内先生はもちろん、入院している間、いろんな人
が会いにきてくれた。
　妹の柚葉は、彼氏と。
　サッカー部に所属しているらしい彼は、さわやかでなか
なかのイケメンだった。
　あれじゃ、狙ってる子はたくさんいるな。
　しっかり捕まえておきなよっていうのは、いらぬ心配か
な。
　みーくんのいとこである遥香ちゃんは、旦那さんと病室
を訪れた。
　遥香ちゃんの旦那さんは背が高くて、とっても大人の男
の人って感じがした。
　並ぶと、とっても絵になるふたりだった。
　お金を出し合って出産祝いに、とベビー服をくれたのは、
智哉くんを含む、みーくんの高校時代の友人たち。
　会うのは事故のとき以来だったみたいで、みーくんは
とっても楽しそうにしてたなぁ。
　そして、タカさんと志保ちゃんも一緒に来てくれた。
　私の腕の中でスヤスヤと眠る蒼空を見たふたりは、口を
そろえて『雅にそっくりだ』って言ってた。
　それを聞いて、みーくんがうれしそうに笑ったから、私

も幸せな気分になったんだ。

　退院してからしばらくは、ママがほぼ毎日マンションに通ってくれた。

　蒼空の育児に奮闘する私にかわって、家事をこなしてくれていた。

　蒼空は比較的おとなしい子だけど、それでもやっぱり新生児。

　昼間の疲れから、ベッドに横になるみーくんの隣にドサッと体を沈めても、すぐに夜泣きの声で起こされた。

　そんなときは疲弊した私を気遣って、バイトや勉強で疲れているはずのみーくんが蒼空をあやしてくれたんだ。

　経験してみて、痛感する。

　育児って、想像していたよりずっと、ずうっと大変。

　ほんと、世の中の先輩ママさんには頭があがりません。

　みーくんが大学に合格したという知らせが舞いこんだのは、２月の半ば頃。

　４ヶ月になった蒼空にミルクを与えていた私の横で、インターネットサイトから合否を確認したみーくんが、満面の笑みでピースサインを向けた。

　大学を受けるって決めてから、ずっと勉強してきたのを知ってるから、すっごくうれしかった。

　そのまま寝てしまった蒼空をベビーベッドに運んだあと、ご褒美ちょうだい、なんて言って私を抱きしめたみー

くん。

　ぎゅうってしたまま、なかなか離してくれなかった。

　合格のご褒美がそれだけじゃあまりにも申しわけないので、その夜はみーくんの好きなハンバーグをいっぱい作った。

　みーくんは、幸せそうにそれを頬張ってたっけ。

　ガソリンスタンドのバイトを3月いっぱいで辞めたみーくんは、翌月から無事に大学生になった。

　大学が終わったあとはその足で居酒屋のバイトに行き、帰ってきてからは蒼空の面倒を見てくれた。

　無理しないでって言っても、みーくんは首を横に振るだけ。

　大切な家族のためにがんばれることがうれしいんだって、曇りのない笑顔で言ったみーくんは、まだまだ新米の藪内家の、立派な大黒柱に見えたよ。

　それから、これはつい最近の話なんだけど……。

　めずらしく、みーくんのバイトも大学の講義もない日があった。

　朝ご飯を食べたあと、パパにかまってもらえて上機嫌な蒼空とじゃれ合いながら、『行きたい場所がある』とぽつりとこぼしたみーくん。

　散らかった蒼空のおもちゃを箱に片づけながら、『どこ？』と問うと、みーくんはためらいがちに口を開いた。

　思わぬ答えに少しびっくりしたけど、それを拒む理由は

なかった。

　お義父さんがくれた抱っこひもでみーくんが蒼空を抱き
かかえ、電車でその場所に向かった。

　目的地には、最寄駅から1時間半ほどで到着した。

　花束を添え、みーくんが手を合わせる。

『久しぶり。ずっと向き合わなくてごめんな。……母さん』

　みーくんが訪れたかった場所。

　それは、お墓で眠るお義母さんのもとだった。

『…………』

　お義母さんが亡くなってからずっと、来るのを避け続け
てきたんだって。

　だからこれが、久々の対面。

　10秒ほど静かに手を合わせたあと、みーくんが顔をあげ
た。

『紹介するよ。俺の奥さんの杏奈と、息子の蒼空』

『はっ、はじめまして。杏奈です』

　みーくんに言われ、あわてて頭をさげる。

　返事はないことはわかっていたけど、とっても緊張した。

　だって、ここにいるのはみーくんのお母さんだよ。

　大好きなみーくんを、この世に産んでくれた人。

　お義母さんには、感謝してもしきれないよ。

『新しい家族ができたんだ。あの頃の俺からは、想像もつ
かねぇだろ？』

　照れくさそうにはにかんで、目を細めたみーくん。

『あれからずっと避け続けてきたここに、今こんなにも穏やかな気持ちでいられるのも、杏奈と蒼空のおかげなんだ』

右隣から、大きな手が伸びてきた。

そのぬくもりが、すっぽりと私の手のひらを包みこむ。

『守るべきものができた。なにがあっても失いたくないものを手に入れた』

ふわりと、シトラスの香りが風に乗せて運ばれてくる。

出会った頃と変わらない、君の大好きな匂い。

『こうして幸せを感じられるのも、母さんが俺を産んでくれたからなんだな』

優しい声で紡がれる優しい言葉が、ふたりの再会を温かいものにする。

『あの頃、母さんがちゃんと俺たちを愛してくれてたって、親になった今ならわかるよ』

『みーくん……』

『俺を生んでくれてありがとう。俺を母さんの息子にしてくれて、本当にありがとう』

みーくんの横顔をそっと見あげる。

なんて……なんて穏やかな表情なんだろう。

きっと、彼の心の中にある後悔は消えていない。

これから先も、それが消えることはないんだと思う。

だけど、それを上回る他の感情が芽生えた。

幼いみーくんが抱いていた憎しみとも、胸が引きちぎられてしまいそうな痛みともちがう。

曲がりなりにも、ふたりの息子に精いっぱいの愛情を注

いでいた母親への、感謝の気持ち。

　だからこそ、こんなにもすっきりとした顔で向き合えてるんじゃないかな。

『見てろよ。見届けなかったことを後悔するくらい、これからもっと幸せになってやるから』

　見えていますか？

　聞こえていますか？

　ねぇ……お義母さん。

『……ったく、なんでお前が泣くんだよ』

『だってぇ……』

『あーもう。蒼空もびっくりしてるじゃねぇか』

　相変わらず泣き虫だなーなんて言いながら、みーくんが私の頬を濡らす涙を拭う。

　その手つきは、やっぱり優しかった。

『一緒に来てくれてありがとな、杏奈』

『ううん。言いたいことは、全部言えた？』

『あぁ。……今やっと、すべてを許せた気がする』

　みーくんたちを裏切って、不倫していたお義母さんを。

　そんなお義母さんと、ずっと向き合えずにいた自分を。

　止まっていた時間が、長い年月を経て動きだす。

『じゃあな、母さん。また来るよ』

　そう言ったみーくんと、お墓をあとにする。

　太陽はてっぺんまで昇りきっていて、初夏のじめじめした風が私たちの間を通り抜けていった。

番外編 ≫ 321

＊　＊　＊

　会場が拍手に包まれ、まっ白なタキシード姿のみーくんと顔を見合わせて笑い合う。

　一番前の席に座っていた藪内先生が、ベビードレスに身を包んだ蒼空を、みーくんへと受け渡した。

　今日は……私とみーくんの結婚式です。

　1年前はまだお腹の中にいた蒼空も、もう9ヶ月。

　みーくんが大学に行ってる間に家事を済ませてしまおうと思っても、ちょっと目を離した隙にハイハイで移動しちゃうから、ママは大変。

　蒼空の成長を感じられるからうれしいんだけどね。

　教会での式を終え、蒼空を片手で抱きかかえたみーくんと一緒に、出口に向けてヴァージンロードを歩いていく。

「おめでとう」

「お幸せに！」

　祝福の言葉があらゆるところから投げかけられる。

　ゲストの中には、お世話になった先生や智哉くんたち、そしてみーくんの大学の友達がいる。

　もちろん、タカさんや志保ちゃん、遥香ちゃんも。

「結婚式、してよかったな」

　いったん控え室に戻ったところで、みーくんがうれしそうに言ったので、私も迷うことなくうなずく。

もともと、式を行うつもりのなかった私たち。

　だけど両家の親が、幸せな姿をお世話になった人たちに
見せなさいと言ったので、みーくんが夏休みの間に挙げよ
うって話になったんだ。

「杏奈のドレス姿も見られたしな」

　ニヤニヤ顔で、プリンセスラインのドレスを着た私に視
線を向けてくるみーくん。

　妊娠する前より太ったこと知ってるくせに！

　あぁ、こんなことなら、もっとちゃんとダイエットして
おくんだった。

　なんて思いながらも、本当はドレスを着ることができて
うれしい。

　……万里ちゃんにも見てもらいたかったなぁ。

「み、見なくていいよっ」

「なんで？　可愛いのに。なー、蒼空」

　言いつつ、おでこをくっつけた蒼空がきゃっきゃとうれ
しそうにはしゃぐ。

　蒼空が生まれて以来、みーくんは見事な親バカと化した。

　どれくらい親バカかって言うと、会うたびにタカさんや
志保ちゃんからツッコミが入るくらい。

　大学生活を送りながら、家事も育児も協力してくれる
みーくんは、本当に素敵なパートナーだといろいろな場面
で感じる。

「ねぇ、みーくん。私、幸せだよ」

　みーくんがいて、蒼空がいて、大好きな人たちに囲まれ

て。

　生きることをあきらめないでよかったって、心からそう思うんだ。

「俺だってそうだよ。お前が、生きる希望をくれたんだ」

　それぞれの痛みを乗りこえて、私たちの今がある。

　二度と戻らないこの瞬間が幸せだと、胸を張って言える。

「これから、もっと幸せになろう。俺と杏奈と、蒼空と。それから……蒼空がさびしくないように、兄弟も作ってやりたい」

「みーくん……」

「春は花見して、夏は海に行って、秋は紅葉を見て、冬は雪だるま作ったりしてさ。忘れられない思い出をたくさん作ろうな」

　なんて素敵な未来予想図だろう。

　それを実現できる場所に、私たちはいるんだね。

　どちらからともなく、キスを交わす。

　完全にふたりだけの世界に浸っていた私たちを、蒼空の小さな手が引き離した。

　まるで、「ぼくの存在を忘れるな！」とでも言うかのように。

「ブーケトス、お願いします」

　ドアの向こうから声をかけられ、ふたたび控え室の扉を開く。

　すぐそこに立っていた式場スタッフの女の人から、色とりどりの花で作られたブーケを受け取った。

「お姉ちゃん、こっちに投げて！」

　教会の外には、すでにゲストたちの姿があった。

「こっちや、杏奈ちゃん！」

　希望者全員参加のブーケトスは、投げる前から大盛りあがり。

　あはは、既婚者の遥香ちゃんまで必死だ。

「投げまーす！」

　うれしいこと、悲しいこと。

　一言では表せないくらい、たくさんのことがあった。

　涙が枯れるまで泣いた夜もあった。

　苦しくて、消えてしまいたいと思ったこともあった。

　そんな、つらい記憶を"思い出"に変えてくれたのは、泣き顔を笑顔に変えてくれたのは……。

　蜂蜜色の髪をした君でした。

　みーくんに出会えてよかった。

　みんなに出会えてよかった。

　大好きな人たちに幸あれ。

　そんな願いを込めて投げたブーケは、晴れわたった空に大きな弧を描いた。

番外編・END

あとがき

はじめまして。文庫化のお話をいただいたときは手の震えが止まらなかった姫亜です。

このたびは『君がくれた奇跡』改め、『君が教えてくれたのは、たくさんの奇跡でした。』を手に取っていただき、まことにありがとうございます。

数年前に書いた作品なので、文庫化にあたり、かなり加筆・修正を行いました。

お気づきになった方もいらっしゃるかもしれませんが、サイトで公開しているものとは結末がちがっています。文庫限定の番外編も、サイトの展開だと書けなかったお話になっています。

本編では触れられなかったお母さんに対する雅の想いも描けたので、とっても満足しています。楽しんでいただけてたらいいなぁ。

とはいえ、文庫では収録できなかったエピソードもたくさんあるので、サイトの方も合わせてお楽しみいただけたらうれしいです。

生きていくことって簡単じゃないですよね。

楽しいことばかりじゃないし、思いどおりにならないことの方が多いし。

あとがき >> 327

　消えてしまいたいって思うほど苦しい時期って、わりと誰にでもあると思うんです。実際、私にもありました。

　歌手になるという夢を失った杏奈のように、私も大切なものを失いました。毎日が楽しくなくなって、走り続けていた足を止めるようになって、いろんな人と衝突して。自分を守ることに必死で、周りの人を傷つけ、結局自分も傷ついた。身勝手だったけど、当時は懸命にもがいていたんです。

　これを読んでいる方の中にも、もしかしたら今現在、苦しんでいる方がいるかもしれません。これから先、そういう経験をする人がいるかもしれません。

　そんなときは、一度、深呼吸をして周りを見てみてください。

　そばで支えようとしてくれる人がいる。力になろうとしてくれる人がいる。あなたを想う人が、必ずいる。

　そのことに気づくだけで、きっと世界はちがって見えるはずです。杏奈や雅がそうだったように。

　10メートル先を歩く人と数秒後には知り合ってるかもしれないし、10年後にはかけがえのない存在になっているかもしれない。大きいことを言いますが、世界ってそういう奇跡のうえに成り立ってるんじゃないかなぁと思います。

　だからこそ大切にしていきたい。一瞬一瞬を見逃さずに生きていきたい。

　まだまだ未熟な私ですが、ときどきそんな風に思うので

す。

　たくさんの想いを込めたこの作品が、少しでも多くの方の心に残れば幸いです。

　最後に。文庫化にあたってご尽力いただいた担当編集者の渡辺さん、スターツ出版の皆様、そして杏奈と雅の物語を見届けてくださった読者の皆様には、感謝の気持ちでいっぱいです。またどこかでお会いできることを願って。

2017.2.25　姫亜。

この物語はフィクションです。
実在の人物、団体等とは一切関係がありません。

♥

姫亜。先生への
ファンレターのあて先

〒104-0031
東京都中央区京橋1-3-1
八重洲口大栄ビル7F

スターツ出版（株）書籍編集部 気付
姫亜。先生

君が教えてくれたのは、たくさんの奇跡でした。
2017年2月25日　初版第1刷発行

著　　者	姫亜。
	©Himea. 2017
発 行 人	松島滋
デザイン	カバー　高橋寛行
	フォーマット　黒門ビリー＆フラミンゴスタジオ
Ｄ Ｔ Ｐ	朝日メディアインターナショナル株式会社
編　　集	渡辺絵里奈
発 行 所	スターツ出版株式会社
	〒104-0031　東京都中央区京橋1-3-1　八重洲口大栄ビル7F
	TEL　販売部03-6202-0386（ご注文等に関するお問い合わせ）
	http://starts-pub.jp/
印 刷 所	共同印刷株式会社
	Printed in Japan

乱丁・落丁などの不良品はお取替えいたします。上記販売部までお問い合わせください。
本書を無断で複写することは、著作権法により禁じられています。
定価はカバーに記載されています。

ISBN 978-4-8137-0212-2　C0193

ケータイ小説文庫　2017年2月発売

『好きになんなよ、俺以外。』嶺央(れお)・著

彼氏のいる高校生活にあこがれて、ただいま14連続失恋中の翼。イケメンだけどイジワルな蒼とは、幼なじみだ。ある日、中学時代の友達に会った翼は、彼氏がいないのを隠すため、蒼と付き合っていると嘘をついてしまう。彼氏のフリをしてもらった蒼に、なぜかドキドキしてしまう翼だが…。
ISBN978-4-8137-0208-5
定価：本体590円+税

ピンクレーベル

『キミの隣で恋をおしえて』ももしろ・著

彼氏がほしくて仕方がない高2の知枝里。ある日ベランダで、超イケメンの無気力系男子・安堂が美人で有名な美坂先生と別れ話をしているのを聞いてしまい、さらにベランダに締め出されてしまう。知枝里は締め出された仕返しに、安堂を脅そうとするけど、逆に弱みを握られちゃって…？
ISBN978-4-8137-0209-2
定価：本体590円+税

ピンクレーベル

『他のヤツ見てんなよ』つゆ子・著

高2の弥生は恋愛に消極的な女の子。実は隣の席のクール男子・久隆君に恋をしている。放課後、弥生は誰もいない教室で久隆君の席に座り、彼の名前を呟いた。するとそこへ本人が登場！　焦った弥生は、野球部に好きな男子がいて、彼を見ていたと嘘をつくけれど…？　ピュア女子の焦れ恋にドキドキ！
ISBN978-4-8137-0210-8
定価：本体570円+税

ピンクレーベル

『優しい嘘で、キミにサヨナラ。』天瀬ふゆ(あませふゆ)・著

高2の莉子は、幼なじみの悠里と付き合って2年目。しかし彼が、突然ほかの女の子と浮気しはじめた。ショックをうけるが、別れを切り出させるのが怖い莉子は何も言えない。そんな時、莉子は偶然中学時代にフラれた元彼、広斗に再会する。別れの理由を聞かされた莉子の心は揺れるが…。
ISBN978-4-8137-0211-5
定価：本体590円+税

ブルーレーベル

ケータイ小説文庫　好評の既刊

『クールな彼とルームシェア♡』 *あいら*・著

天然で男子が苦手な高1のつぼみは、母の再婚相手の家で暮らすことになるが、再婚相手の息子は学校の王子・舜だった!! クールだけど優しい舜に痴漢から守ってもらい、つぼみは舜に惹かれていくけど、人気者のコウタ先輩からも迫られて…?　大人気作家*あいら*が贈る、甘々同居ラブ!!

ISBN978-4-8137-0196-5
定価:本体 570 円+税

ピンクレーベル

『彼と私の不完全なカンケイ』 柊乃（しゅうの）・著

高2の璃子は、クールでイケメンだけど遊び人の幼なじみ・尚仁のことなら大抵のことを知っている。でも、彼女がいるくせに一緒に帰ろうと言われたり、なにかと構ってくる理由がわからない。思わせぶりな尚仁の態度に、璃子振り回されて…?　素直になれないふたりの焦れきゅんラブ!!

ISBN978-4-8137-0197-2
定価:本体 570 円+税

ピンクレーベル

『俺をこんなに好きにさせて、どうしたいわけ?』 acomaru（アコマル）・著

女子校に通う高2の美夜は、ボーイッシュな見た目で女子にモテモテ。だけど、ある日いきなり学校が共学に!? 後ろの席になったのは、イジワルな黒王子・矢野。ひょんなことから学園祭のコンテストで対決することになり、美夜は勝つため、変装して矢野に近づくけど…?　甘々♥ラブコメディ!

ISBN978-4-8137-0198-9
定価:本体 590 円+税

ピンクレーベル

『ずっと、キミが好きでした。』 miNato（ミナト）・著

中3のしずくと怜音は幼なじみ。怜音は過去の事故で左耳が聴こえないけれど、弱音を吐かずにがんばる彼に、しずくはずっと恋している。ある日、怜音から告白されて嬉しさに舞い上がるしずく。卒業式の日に返事をしようとしたら、涙ながらに「ごめん」と拒絶され、離れ離れになってしまい…。

ISBN978-4-8137-0200-9
定価:本体 590 円+税

ブルーレーベル

ケータイ小説文庫　好評の既刊

『たとえば明日、きみの記憶をなくしても。』嶺央(れお)・著

高3の乙葉は、同級生のユキとラブラブで、楽しい毎日を送っていた。ある頃から、日にちや約束などを覚えられない自分に気づく。病院に行っても記憶がなくなるのをとめることはできなくて…。病魔の恐怖に怯える乙葉。大好きなユキを悲しませないよう、自ら別れを切り出すが…。

ISBN978-4-8137-0186-6
定価：本体590円+税

ブルーレーベル

『最後の瞬間まで、きみと笑っていたいから。』あさぎ千夜春(ちよはる)・著

高1の雨美花は、大雨の夜、道に倒れている男の子を助ける。後日学校で、彼が転校生の流星だと知る。綺麗な顔の彼に女子は大騒ぎ。でも雨美花は、彼の時折見せる寂しげな表情が気がかりで…彼が長く生きられない運命だと知る。残された時間、自分が彼を笑顔にすると誓うが―。まさかの結末に涙！

ISBN978-4-8137-0174-3
定価：本体570円+税

ブルーレーベル

『君色の夢に恋をした。』琴鈴(ことり)・著

高2の結衣の唯一の楽しみは、絵を描くこと。ひとりで過ごす放課後の美術室が自分の居場所だ。ある日、絵を描いている結衣のもとへ、太陽のように笑う男子・翔がやってきた。自分の絵を「暗い」と言う翔にムッとしたけれど、それから毎日やってくる翔に、少しずつ心を開くようになって…。

ISBN978-4-8137-0175-0
定価：本体540円+税

ブルーレーベル

『どんなに涙があふれても、この恋を忘れられなくて』cheeery(チューリィ)・著

高1の心はクールな星野くんと同じ委員会。ふたりで仕事をするうち、彼の学校では見られない優しい一面や笑顔を知り「もっと一緒にいたい」と思うように。ある日、電話を受けた星野くんは、あわてた様子で帰ってしまった。そして心は、彼の大切な幼なじみが病気で入院していると知って…。

ISBN978-4-8137-0162-0
定価：本体570円+税

ブルーレーベル

ケータイ小説文庫　2017年3月発売

『俺の言うこと聞けよ。』青山そらら・著

NOW PRINTING

亜里沙はパン屋のひとり娘。ある日、人気レストランのベーカリー担当として、住み込み修業してくるよう告げられる。そのお店、なんと学年一モテる琉衣の家だった！　意地悪で俺様な琉衣にお弁当を作らせられたり、朝起こせと命じられたり。でも、一緒に過ごすうちに、意外な一面を知って…？

ISBN978-4-8137-0224-5
予価：本体500円＋税

ピンクレーベル

『涙空　上』白いゆき・著

NOW PRINTING

高1の椎香は、半年前に突然別れを告げられた元カレ・勇人を忘れられずにいた。そんな椎香の前に現われたのは、学校一のモテ男・渉。椎香は渉の前では素直に泣くことも笑うこともでき、いつしか渉に惹かれていく。でも、そんな時、勇人が別れを切り出した本当の理由が明らかになって…。

ISBN978-4-8137-0225-2
予価：本体500円＋税

ブルーレーベル

『涙空　下』白いゆき・著

NOW PRINTING

自分の気持ちにハッキリ気づいた椎香は、勇人と別れ、渉へ想いを伝えに行く。しかしそこで知ったのは、渉がかかえるツラい過去。支え合い、愛し合って生きていくことを決意したふたり。けれど、さらに悲しい現実が襲いかかり…。繰り返される悲しみのあとで、ふたりが見たものとは――？

ISBN978-4-8137-0226-9
予価：本体500円＋税

ブルーレーベル

『タイトル未定』なぁな・著

NOW PRINTING

高2の咲良は中学でイジメられた経験から、二度と同じ目に遭いたくないと、異常にスクールカーストにこだわっていた。1年の時に仲良しだった美琴とクラスが離れたことをきっかけに、カースト上位を目指し、騙し騙されながらも周りを蹴落としていくが…？　大人気作家なぁなが贈る絶叫ホラー!!

ISBN978-4-8137-0227-6
予価：本体500円＋税

ブラックレーベル

書店店頭にご希望の本がない場合は、
書店にてご注文いただけます。

❤ 恋する**キミ**のそばに。❤
「野いちご文庫」創刊します!

読むと恋がしたくなる! ドキドキしたくなる!
等身大の憧れを、ぎゅっとつめこんだ文庫レーベルを
小説サイト「野いちご」から新たに創刊します!

💗 「野いちご文庫」の6つのポイント 💗

- 縦書き
- 憧れシチュエーション
- 読後は必ずハッピーな気分に!
- 胸きゅんあり、涙あり
- 等身大の登場人物
- カラー口絵でキモチを盛り上げます!

✳ 創刊ラインナップはこの2作品! ✳

これはきっと、君がくれた奇跡の日々の物語。
365日、君をずっと想うから。

SELEN・著
イラスト:雨宮うり
ISBN:978-4-8137-0229-0

高2の花は見知らぬチャラいイケメン・蓮に弱みを握られ、言いなりになることを約束されてしまう。さらに、「俺、未来から来たんだよ」と信じられないことを告げられて!?
意地悪だけど優しい蓮に惹かれていく花。しかし、蓮には悲しい秘密があった――。蓮がタイムリープした理由とは? ラストは号泣のうるきゅんラブ!!

全力で恋をした。私も、君も、彼も…。
全力片想い

田崎くるみ・著
イラスト:loundraw
ISBN:978-4-8137-0228-3

高校生の萌は片思い中の幸から、親友の光莉が好きだと相談される。幸が落ち込んでいた時、タオルをくれたのがきっかけだったが、実はそれは萌の仕業だった。言い出せないまま幸と光が近付いていくのを見守るだけの日々。そんな様子を光莉の幼なじみの笹沼に見抜かれるが、彼も萌と同じ状況だと知って…。三月のパンタシア大賞受賞作!

2017/3/25発売決定!お楽しみに!